新世紀散文家❸

蔣勳

精選集

陳義芝◎主編

NEW CENTURY ESSAYISTS

目錄

編輯前言

陳義芝

熟識中文創作的人，對先秦諸子散文、漢代紀傳體散文，以及李密、陶淵明、江淹、庾信等人的六朝文，韓、柳、歐、蘇代表的唐宋文，必不陌生。清初吳楚材、吳調侯叔侄編注的《古文觀止》，網羅歷代名篇雖有遺漏，但大體輪廓的掌握分明，仍是研讀古代散文最重要的讀本。

今天我們讀古代散文，除《古文觀止》上的文章，論、孟、莊、荀，也不可棄，因為是源遠流長的文化氣質。歸類為小說的《世說新語》，寫人敘事清雅生動，當小品文讀也不錯，可欣賞它精鍊的筆觸、機智的餘情。而繼明代歸有光、張岱之後，猶有黃宗羲、袁枚、姚鼐、蔣士銓、龔自珍……

古人說，「文之思也，其神遠也」，又說，「事出於沉思，義歸乎翰藻」，當文統與道統釐清，藝術的想像力與語言的精緻性即獲得高度發揚；迨至明代獨抒性靈，清代提倡義法，民國梁啓超鍾鍊的新文體（雜以俚語、韻語及外國語法），兩千年來中文散文的山形水貌，因而更見壯麗。可惜今人不察中文散文有其獨特鮮明的傳統，往往以西方不重視散文為名，任意貶損散文價值，誤導文學形勢。

究實而言，粗糙簡陋的經驗記述，與不具審美特質的應用文字，當然算不得散文，就像這世界充斥許多聲音，只為溝通、發洩之用，或無意為之，毫無旋律可言，也就算不得是音樂。但我們不能因為聲音之產生容易而漠視聲音之創造，同理，不能因「非散文」之充斥而不承認散文所展現的生命價值、啓蒙作用。〈庖丁解牛〉、〈出師表〉、〈桃花源記〉、〈滕王閣序〉之所以千古傳誦，正在於作家內在精神之凝注與文學意趣之揮灑，代代有感應。

清末劉熙載〈文概〉講述作文七戒：「旨戒雜，氣戒破，局戒亂，語戒習，字戒僻，詳略戒失宜，是非戒失實。」分別關切文章的主題、文氣、布局、語字、結構、義理，我們拿這個標準來檢視現代散文，也很恰適。試以現代（白話）散文前期名家的看法為例。

周作人主張散文要有「記述的」、「藝術性的」特質，「須用自己的文句與思想」，「真實簡明便好」。

冰心主張散文創作「是由於不可遏抑的靈感」，並且是以作者自己的靈肉「來探索人生」。

朱自清說：「中國文學大抵以散文學為正宗，散文的發達，正是順勢。」他認為散文「意在表現自己」，當然也可以「批評著、解釋著人生的各面。」

魯迅主張小品文不該只是「小擺設」，「生存的小品文，必須是匕首，是投槍，能和讀者一同殺出一條生存的血路的東西；但自然，它也能給人愉快和休息。」

林語堂說小品文，「可以發揮議論，可以暢泄衷情，可以摹繪人情，可以形容世故，可以札記瑣屑，可以談天說地，」又說散文之技巧在「善治情感與議論於一爐」。

梁實秋特重散文的文調，「文調的美純粹是作者的性格的流露」，「散文的美，不在乎你能寫出多少旁徵博引的故事穿插，亦不在多少典麗的辭句，而在能把心中的情思乾乾淨淨直接了當地表現出來。」

以上這些話皆出現在一九二〇年代，可見白話散文的基礎一開始就相當扎實。

梁實秋以降，台灣文壇的散文名家，從琦君到張曉風，從林文月到周芬伶，從王鼎鈞到簡媜，從董橋到蔣勳，並時聚焦的大家如吳魯芹、余光中、楊牧、許達然，幾乎沒有一個不是集合了才氣、人生閱歷、豐富學養與深刻智慧於一身。他們的散文大筆馳騁自如，頗能融會小說情節、戲劇張力、報導文學的現實感、詩語言的象徵性。散文的屬性被發揮得淋漓盡致，散文的世界乃益加遼闊；散文的樣式不再只循舊式美文、雜文、小品文或隨筆的路徑，科學散文、運動散文、自然散文、文化散文或旅行文學、飲食文學，為人間開發了無數新情境，闡明了無數新事理。

隨著資訊世紀的來臨，文類勢力迭有消長，我預見散文的影響力將有增無減，而每位作家收入一兩篇的散文選，光點渙散，已不足以凸顯這一文類的主流成就。「新世紀散文家」書系（九歌版）因而邀當代名家自選名作彙輯成冊。柳宗元談讀諸子百家的收穫，曾說：「參之《穀梁氏》以厲其氣，參之《孟》、《荀》以暢其支，參之《莊》、《老》以肆其端，參之《國語》以博其趣，參之《離騷》以致其幽，參之太史公以著其潔，此吾所以旁推交通而以為之文也。」必先了解各家的藝術風格、表達技法，方能於自我創作時創新超越。這套書以宜於教學研究的體例呈現，歡迎走文學大道的朋友從散文下手！這批優秀作家的作品見證了一個輝煌的散文時代，他們的創作觀更合力建構出當代中文散文最精萃的理論！

——二〇〇二年五月於台北

推薦蔣勳

得自史學、佛學、美學等多元的薰習，使蔣勳對歲月、禮儀、人世間的各種符號，有異於俗眾的敬重。常民生活的細膩體貼，養護他一顆敏感溫熱的心，使他能自在地行走在繁華與廢墟的遷變裡，而不虞元氣消散。

像在灑金的絹帛上摹寫一篇篇紅塵眷戀，蔣勳的散文，但有悲情而無憤意，也因慧智，一些沒要緊的話在他口中出來，竟變得十分要緊了。

張曉風說蔣勳善於把低眉垂睫的美、沉啞瘖滅的美喚醒，不愧知音！

——陳義芝

善述與喜捨

張曉風

善述是什麼意思

「善述」這兩個字，如果翻譯出來，就是「善於敘述」的意思，但善於敘述又是什麼意思呢？由於這是我統括蔣勳平生的字眼，所以有必要解釋一下。

善述，如果從文法觀念來看，算是個「述語」。有趣的是，句子中的主詞和受詞卻都省略了，爲什麼省略呢？因爲，好像沒有必要去說。因爲，反正人人明白。

原來，善述，一般都指爲人子者，善述其父，（當然，如果你要說成子女善述父母，也請便，但那並非古人的意思）《禮記．中庸篇》裡有：

父作之
子述之

的句子，換言之，在儒家思想體系中，所謂「善述」，指的便是孩子善於敘述親長。然而，兒子善於敘述父親又是什麼意思呢?簡單的說，那便是「孝」的意思。

所以，「善述」，就等於「孝」，爲什麼?原來，最高級的孝道就是能好好把父親顯揚出來。

這種父子之倫當然也可以化爲廣義的，像孔子，就頗以敘述往聖爲他的職志，甚至不惜說出「述而不作」的話來。孔子平生最重要的事與其說是教育弟子，不如說是在一個詭異而充滿變數（其實不一定是壞，也不一定是衰世）的、令人迷惘不知所措的年代，把可以依循的典籍找出來，重新加以詮釋和建構；其中包括抽樑換柱，舊屋新裝，除蟲去蠹，鑿池掘井，總之，務將傾頹的大廈回陽，成爲可以遊可以憩也可以居可以藏的地方。

美的導師

台北蔣勳，人道是：「蔣老師」。

二十世紀末，海峽兩岸不知怎麼吹起一股「稱師風」，到處聽到叫人老師之聲。海這邊還好，海那邊用得很浮濫，連師母師丈也一併變成了「老師」，好像禮多人不怪似的。台灣稱人老師其實多半是眞的老師。蔣勳在五十歲那年號稱要送自己一項大禮，這禮是辭去他專任的教職，還自己以自由之身。奇怪的是，不當專業老師，他的施教範圍反而更大了。他的職業欄裡輕易可以寫出如下的工作：

畫　家
詩　人
散文家
小說家
影劇音樂舞蹈的評論家
電台節目主講人
演說家
美術之旅的解說人
美學學者

此外，還主掌「聯合文學」雜誌，且不時寫字送人，或唱歌怡人，或說些令人哭笑不得的笑話娛人。

「台北蔣勳」基本上是一個善述者。善於把低眉垂睫的美喚醒，讓我們看見精燦灼人的明眸。善於把沉啞瘖滅的美喚醒，讓我們聽到恍如鶯啼翠柳的華麗歌聲。

就善述而言，蔣勳可謂是主流文化之美加上庶民文化之美的孝子，他愼重的敘述了這一對父母的行誼，讓世人爲之斂容生敬——至於這位孝子會不會叛逆或出走，那又是另一件値得玩味的事了。

台北風流人物

而我說「台北蔣勳」，其心情一如說「草堂杜甫」或「蜀人張大千」。像蔣勳這種彷彿南朝的人物，彷彿從《世說新語》中走出來的精彩人物，絕對一眼便可辨識出來是台北的產物。雖然他的生平也和西安和福建和舟山群島有過一點關係，但他的主要成分還是「台北之子」。

像蔣勳這種人，我把他算作「第一代半的外省人」。凡自己以成年人身分來台的，我算他們是「第一代外省人」。第一代的外省人在此地所生的，我叫他「第二代外省人」。但當年被第一代外省父母或牽或抱帶著來的小孩，我在生物學上把他們作更精準的分類，叫做「第一代半外省人」（如白先勇）。這批人和「末半代日治人」（如黃春明）加起來成爲文化上極重要的一個世代。

從巴黎留學回來的蔣勳，你當然可以算他是一個「地球民」。但事實上當他第一次重返西安街頭，不免萬分驚駭的發現「原來滿街上的人，說的都是我母親講的那種話呀！」而在台灣，在高山部落的夜宴裡，被原住民的小米酒灌醉欲死的，也是蔣勳。所以，你可以稱他爲「一個古今中外客，一介東西南北民」。如果眞要爲蔣勳定其經緯度的座落方位，我仍然要說，他是「台北蔣勳」。台北的風流人物如何定義，恐怕要寫整整一本書吧？他們和南朝人物有相同處，也有相異處。同者，在於他們都是南方山水所餵養出來的神仙般的雋秀人物，都悄悄的或公然的從儒家出走而稍近釋老（當然，走入基督教或 new age 的也有）。他們言談詼諧，時發俊語，爲人簡慢，偶而有些小小使壞的地方，如孩童。

至於說到相異，兩者有其更多不同處。第一，台北風流人物是滿世界遊走的，即使人在台北，滿心想的卻是下一次的出發。像林懷民，心中早已默認（不，其實不是默認，是公開承認）印度或峇里島是他的某種故鄉，是心靈可以依歸之處。所以台北風流人物是絕不可能因懷念故國而新亭對泣的。

台北風流人物的第二特點是漂亮，這漂亮包括面目的個性化，神采的俊秀，衣著的得體（即使是你看似邋遢的一件舊衣，其實也自有其道理），行止之間的雍容，進退之間的大度。六朝人物其實也多半是漂亮的，但卻偶然有些寢陋的。台北人物不同，他們個個漂亮、年輕，充滿活力（也許等回家以後會累得癱死），換言之，他們可以隨時上電視，供眾人瞻仰丰采。

第三，談到上電視，其實台北風流人物也隨時可以上電台，上座談會，上演講廳，五〇、六〇年代，台北尚有四大名嘴、四小名嘴之說，但到了七〇、八〇年代凡稱得上是個人物的，幾乎到了「無嘴不名」的程度。換言之，個個皆名嘴。就算是發音不正，文法倒錯，也說得活靈活現自創風格自成路數。

第四，台北風流人物不一定要有車（因爲停車太難），但一定要有一棟小小雅宅。雅宅中還要有幾瓶小酒，「五糧液」、「酒鬼」、「月桂冠」、「威士忌」或「紅酒」、「啤酒」都不拘，但求能在高朋滿座之際能助談興。當年夏濟安先生就曾在日記中提到自己衣食都可不講究，但求居所能雅潔。試想沒有小小雅室，何以交結天下名士？如何能擊壺縱談，如何能長歌當哭。可歎夏先生大約是一生沒能實踐這願望（等到他有經濟能力的時候，他又不幸早逝），台北風流人物多半手頭稍有「阿堵物」，可以略略在居住上花些錢。台北居，大不易，對大環境，誰也不能掌控（例如你家樓下忽然開了麥當勞），但雅緻樸素的室內設計自可給人一方小天地，有了室內設計，人就可以「隱」了，隱於瑪雅、隱於排灣，或隱於宋元，只需要幾件收藏品，就可以進入幻境，也就可以自保。

第五，台北風流人物大體言之都是好人，但他們卻避「好人之名」如避仇。余光中先生某次在婚禮上曾調侃某人既不是「僞君子」，也不是「眞小人」，而是「僞小人」。僞小人約略等於俗語中的「剪刀嘴巴豆腐心」或「面惡心善」之類的定義。魯迅當年曾以「正人君子」作為罵人之詞，攻擊他的對手陳西瀅到死而後已。可見得「正人君子」在某些人心目中幾乎是個可怕乃至可恥的字眼。故身為台北風流人物必須有些小奸小壞相，至少至少也要有些頑童的刁蠻。總之千萬不能成為「席不正不坐，割不正不食」的方正木訥且又溫、良、恭、儉、讓的謙謙君子。但私底他卻可能是個隱藏的道德家，也許悄悄支持某藝術家的創作，也許月付某印度小孩的學費若干，也許勤於探視父母，也許把整個假日拿去陪某個殘障小孩……

第六，台北風流人物要有些特立獨行之處，或愛收藏玉，或愛收藏老唱片，或收藏普洱老茶，或愛使性罵人（或罵阿扁，或罵阿輝，或罵宗才怡皆無不可），或善製格言供人傳誦，或考究美食，懂得如何調理義大利烏賊麵或加州風的壽司，或迷上法國礦泉水沛綠雅，或只肯吃某個牌子的魚子醬，或沉淪於某種巧克力，不肯自拔。或天涯浪跡，尋找一台好看好聽的鋼琴如我早逝的朋友徐世棠……。

總之生命苦短，台北風流人物各有其和歲月相搏的招數。半盞干邑紅酒，可以令人贏命運一目。斂容寂坐，可勝對手一城。奮袂狂歌，便可以睥睨歲月一眼……。

台北是個盆地，既無漁鹽之利，也無農牧資源，此外礦產山產一概闕如。百年千年之後如果有人考察當年台北的出產，算來只有一種，那便是：人物。

在華人的歷史上，從來沒有一座城，其市民受到如此高的教育，收入如此之豐，與全世界互通聲氣如此方便，人文薈粹的密度是如此之高……毛澤東雖曾寫過：

……俱往矣，數風流人物，還看今朝

的詞句，但他和他的從屬都是莽夫，都只有戾氣，而沒有逸氣，離風流人物有十萬八千里之遙。眞正數風流人物，當然要看台北，大陸大山大水，當然也會產人物，但，抱歉，因爲他們有好一陣子太忙了，忙於文爭武鬥，要談人物，那是八〇年以後的事了。

以上花極大的篇幅來談台北人物，其實無非要說明一點，那就是：台北是個濟濟多士的城，蒙上天垂憐，我們享受了比貞觀之治、比開元天寶更漫長的一段承平歲月，也因而哺育了一批精神上的膏粱子弟（這四個字古人用來是有貶義的，我則有褒義）。從前，陳獨秀怒沖沖的要打倒貴族文學，其實，如果有辦法讓人人都很貴族，日子不是很好過嗎？幹嗎要把貴族拉下馬來做平民？把平民抬上轎去做貴族不是更好嗎？台北其實就是一座華美的貴族城池，其間充滿一些比周郎更俊賞，比太白更恣縱，比玉谿更纏綿的風流文人。而在眾多風流人物中，套句台灣土話，蔣勳當然算「一條大尾的」。

縱與橫

以上花了極大篇幅所說明的，其實歸納言之只有兩點：

第一，蔣勳多年來在文學和美學上的耕耘，就時間的縱軸而言，他可算爲人類文化的孝友之子（對，不僅僅是老中的文化，對希臘，對美索不達米亞亦然），他是一個恭謹謙遜的善述者。

第二，就空間上的橫軸而言，蔣勳是這個地域的詩酒風流的產物，是從容、雍雅、慧點、自適的人。

所以說，蔣勳是多元的。如果你在他的作品裡讀到他記錄母親講的故事，說王寶釧當年因爲吃太多野菜，結果弄出一個綠肚皮來。你不要先笑，這是他的庶民成分。

而下面這段文字則不免令人驚豔，那是蔣勳談石頭的說詞：

> 洪荒形成的時候，最早找到形狀的大概是石頭罷。
>
> 我們不太會記得石頭也有熔點，在極高溫下也會融化成液體。
>
> 一團噴薄的熔岩，赤紅、高熱。它竟不是我們日常理解的石頭的樣子。它在火光中燃燒，高度的熱，使石頭內在的分子解體。分子與分子激盪相撞，巨大的岩塊噴薄分離

成葷雲般的火焰。

那是最初的石頭。

據說，女媧是用石頭煉燒來補天的。只有在中國，古老的神話便知道石頭可以是一種液體。

石頭是一種液體，它飛濺、流蕩、迂迴；到處是石頭的河流，圍繞著蒸騰鬱熱的火焰，緩緩流著、流著。

那被稱爲洪荒的時代，是因爲一切都尚未命名，一切都還沒有形狀。

宇宙的生殖是在高熱中完成的，石頭便是最初的子嗣。在高熱中旋轉、飛濺、激盪、暈眩，這最初的子嗣久久不願意固定自己的形狀。

當噴薄的雲霧逐漸沉澱爲地上的塵埃，洪荒要擘開天地，混沌中分出了光明；當高熱退去，大地變得涼冷，「呀——」在那巨大的嘶叫中，活躍的、奔騰的、散放著生命的光與熱的熔岩，瀕於死亡的時刻，在迸濺著淚水的嘯叫中，他們一一立起固定成了永恆的山脈。

被我們稱爲「石頭」的，其實已是石頭的骸骨。它們活著的時候是沒有形狀的。

我們在山脈起伏中還看得見石頭在熔岩時代奔騰洶湧的氣勢。我們細看石頭的紋理，也還看見水波流走的痕跡。

石頭這樣堅硬、固定、冰冷，我們常常在手中把玩一塊石頭。其實，石頭如水般流動，沒有形狀，而且燃燒著高熱。

偶然石頭與石頭相撞，迸閃出火花，我們才知道，原來石頭中還是藏著火的。

人們曾經用兩塊石頭相互擊打蒐取火種。

但是，石頭火焰的部分是不太願意讓人知道的。

熔岩死亡之後，石頭復活了另一種形式的生命。從活躍、熱烈、灼燙、燦爛，變成靜定、沉重、冰冷而且甘願於晦暗。

至於寫平劇〈四郎探母〉的那一段，也令人痛徹肝腸，他這樣寫著：

其實眞正教會我看懂〈四郎探母〉這齣戲的，不只是母親，而是服兵役時認識的一些軍中的老士官們。服兵役的時候在鳳山，擔任陸軍官校的歷史教官，從小在台北長大，第一次離開家，第一次接觸到和我的成長背景完全不同的另外一群人。

……

走到校園裡，碰到一些老士官，他們站起來，「少尉好！」他們必恭必敬向我敬禮，他們的年紀比我大很多，臉上蒼老黧黑，我覺得有些不安，和他們一起坐下來，忽然聽到他們身邊的收音機唱著一句：「千拜萬拜，贖不過兒的罪來——」我心中一驚，面前這面目蒼老黧黑，一生顛沛流離的老士官，他的故事，彷彿就是楊四郎的故事，是戰爭中千千萬萬與親人隔離的悲哀與傷痛，不可言說的心事，都化在一齣「探母」的戲劇中。

我開始注意鳳山黃埔軍校的校園中，或者整個黃埔新村的眷村中，總是聽到〈四郎探母〉，總是聽到一個孤獨蒼老的聲音，在某個角落裡沙啞地哼著：「我好比籠中鳥，有翅難展，我好比虎離山，受了孤單；我好比淺水龍，困在了沙灘……」

我在整理黃埔軍校的校史的同時，開始和這些在各個角落聽〈四郎探母〉的老兵們做朋友，聽他們的故事。

一個叫楊天玉的老兵，山東人，民國三十八年，在山東鄉下，連年兵災人禍，家裡已經沒飯吃了。他的母親打了一捆柴，要天玉扛著到青島城裡去賣，那一年他十六歲。扛著柴走了幾天，走到青島，正巧碰到國民黨軍隊撤退，他說：「糊裡糊塗就跟軍隊到了台灣。」

我算了一下，他跟我說故事的那一年是民國五十八年，距離他被抓兵，離開家鄉，已經整整二十年。

他說：「楊四郎十五年沒有見到母親，我娘呢，二十年了，也不知道我是死是活，是到哪裡去了。」

另外一位姓張的老兵，四川人，第一次認識他，我看他的名字，他笑了說：「少尉，名字不重要。」我不懂他的意思，他也說：「不重要，不重要。」後來熟了，才知道他兵籍號碼牌上的名字也不是他眞正的名字，他說：「打仗啊，到處亂抓兵，軍隊都有一本兵籍簿，按著兵籍簿的名字發餉發糧發衣服彈藥，要是有一個兵逃跑了，就抓另外一個人來頂替。」這個姓張的四川人，逃了很多次兵，又被抓去做另一個逃兵的頂替者，他於是養成一種玩世不恭的調皮，總是說：「名字啊，不重要，不重要，楊四郎，楊延輝，不是也改了名，叫木易嗎？」

是的，許多有關〈四郎探母〉的細節，我是透過這些在戰亂中活下來的老兵讀懂了的，知道了爲什麼這齣戲可以歷經百年不衰，在人們口中一再流傳。

喜捨

當然，例子如果要舉下去，讀者還可以繼續被搥擊被感動，但我要說的是，智慧和深思其實是最大最好的施捨。

曾經，在古老的年代：

有人施粥，以救人之飢。

有人施藥，以癒人之病。

有人施衣，以暖人之軀，

也有人施材，以送人之終。

但第一流的施捨其實是「智慧」的施捨。

智慧的分享和心靈的均富，是施捨者的最終極的嚮往。佛家稱「喜捨」，指的便是怡然欣悅的施予。這種貽贈，在受者，是天恩，在施者，也是天惠，因爲彷如懸絲瀑布，垂瀉而下，來自有其來處，去自有其去處，人世美景，其實無非由於活水源頭加上流行布施。

善述和喜捨，以上是我所知道的蔣勳。

蔣勳 散文觀

NEW CENTURY ESSAYISTS

散文似乎是最自在的一種文體。

桌上鋪著稿紙，或者攜帶一本札記簿，在旅途中，可以沒有什麼特別目的或動機，開始觀看周遭的一些事物，一個在候車站睡著的老人，酣睡著，好像夢想著他的童年；一個急切趕路的婦人，焦慮地東張西望；或者是一簇開出人家牆外盛豔的春天的花……我隨手寫著，沒有特別想它們是散文或不是散文，它們是我生活中一些揮之不去的印象，它們從顯影的液體中浮浮盪盪，幌漾而出，形成很清晰的畫面，停留在我面前……

好像在漫漫的長途中，有一些上車下車的旅客，我記憶著他們的容貌，他們歡喜或憂愁的表情，他們煥發或沮喪的姿態，他們和我一樣，流浪於生死途中，我們匆匆擦肩而過，我信手速寫，彷彿只是一種紀念。

我不特別思慮文體的問題，多一些對話，發展成像小説戲劇的情節，多一點修辭和心事的格律，也可能有點傾向詩的節奏，散文在這些不同的文體間悠遊自在，散文也許更貼近人的肺腑之言罷。

還是喜歡帶著一本筆記去流浪，在路上和人歌哭笑淚，相遇或離別，許多珍惜不捨也都一一在筆記中……

輯一

萍水相逢

有時候回想起來，
彷彿一次漫長的旅程，
就只是這不斷的、偶然的聚散。
有時候會那麼不經意浮現一二個人的笑貌
也只因為他曾經是那
逐漸淡忘的年月裡一個同行過的夥伴。

萍水相逢

我兩歲隨父母來臺，二十五歲去法國，這之間，一直在臺灣，沒有太大的變遷。中學畢業的時候，由於已經讀了一點古代文人感時傷逝的詩詞，所以就很喜歡感慨，送相片、紀念題辭、在校刊上寫驪歌，彷彿生離死別一樣。可是結果大家都還在臺北，三天兩頭碰面，久了，也覺得那傷感的無稽。

第一次離家去法國，是應該很有感觸了，卻偏偏麻木得很。一下飛機，就忙著辦居留、註冊、找房子、打工……。喘不過氣地給生活驅趕著，實在沒有閒空感慨。

等到生活大致安排定了，我空下來，常在四處旅行。那時錢不多，我便學歐洲年輕人搭便車（Auto-Stop）。揹著一口提袋，帶著簡單衣物，站在馬路邊，翹起大拇指，等候順路的人停車載我。就這樣，一段一段跑遍了歐洲，認識了不少人。除了載我的車主之外，沿路其他搭便車的青年，目的地相同，也往往成爲一段路途的夥伴。在每一城鎮，有廉價的青年之家（Auberge de la jeunesse），更是從東到西，從南到北，各處年輕人聚集碰面的場所。大家互相交換旅遊的經驗，食宿的解決，名勝遊覽的方法，如何省錢……等等，匆匆忙忙，相處一天兩天，又各自奔赴自己的下一站去了。

有時候回想起來，彷彿一次漫長的旅程，就只是這不斷的、偶然的聚散。有時候會那麼不經意地浮現一二個人的笑貌，也只因爲他曾經是那逐漸淡忘的年月裡一個同行過的夥伴。

在歐洲的四年餘，一直是這樣聚散匆匆。回到臺灣，以爲很可以鬆懈下遠行的疲倦，卻不料才眞正開始嚐到了人事的無常。

我回來的第二年，一連失去了三個欽敬的朋友。第一個是史惟亮，他得了肺癌，我去醫院看他兩次，不覺得有病容，卻忽然告逝。然後是俞大綱，爽朗幽默的老先生，一下子無疾而終，接到電話，我直覺得是一個玩笑。到了九月，三十歲不到的李雙澤，又胖又壯的大漢，狂歌時驚動四座的，卻在他游了一輩子泳的海邊溺斃。再過一年，家裡一位遠房的老奶奶、一個堂伯都相繼故去……。

不僅是生離，而且是死別，這人世的遷變幻滅使我一怔，竟無言以對。

王勃在〈滕王閣序〉中有兩句話：

關山難越，誰悲失路之人。

萍水相逢，盡是他鄉之客。

面對生命的遷變幻滅，我忽然珍惜起身邊的人，父母、兄弟、朋友，在短短的旅途中曾經結伴而行的，甚至那同船而渡、在路上匆忙擦肩而去的，既然對這一個終於不過是幻滅的世界而言，都無非是「他鄉之客」，那麼，萍水相逢，且容我道一聲：珍重！珍重！

——一九八五年一月．選自爾雅版《萍水相逢》

（本輯作品均選自《萍水相逢》）

別時容易

張大千有幾方印記是我喜歡的，如「三千大千」、「大千好夢」等；而我最喜歡的一方是「別時容易」。

大風堂收藏的書畫是有名的，尤其是石濤八大的作品。然而這些作品也曾經在大千先生手上流散出去。凡從大風堂流散出去的作品便大都鈐有「別時容易」這一方印。

對於一個精於鑒賞的人來說，曾經自己保有收藏的珍愛之物，一旦不得已要拱手讓人，的確有難以言喻的感慨。這一方小小的「別時容易」，雖然鈐在不起眼的角落，卻使我感覺著一種愛物如人的傷逝之情了。

我自己是不收藏東西的，藝術上的珍貴之物，經歷了久遠的年代，也彷彿是久經劫難的生命，使人要起痛惜之心，不知道是不是因爲懼怕這心的痛惜，我對一切人世可眷戀美好之物，反倒寧願只是歡喜讚歎，而無緣愛，也無緣佔有罷。

納蘭容若有一句詞說：「情到多時情轉薄」，我想是可以理解的。

小時候我其實很有收藏東西的癖好。一些本來微不足道的小物件，如玻璃彈球，朋友的信、照片、卡片等，因為保存了幾年，重新翻看把玩，就似乎有了特別的意義，使人眷戀珍惜，而每次到抽屜堆滿，不得不清除時，便有了難以割捨的痛惜。

我們能有多大的抽屜，去收藏保有生活中每一件瑣屑之物中不捨的人情之愛呢？幾次的搬移遷動，在地球的各個角落暫時棲身，我終於習慣了「別時容易」的心情。

「別時容易」也許是從李後主「無限江山，別時容易見時難」脫胎出來的罷。但是，去掉了頭尾，截出這四個字來，鐫成圖章，便彷彿多了一層諷諭。把這樣的一方印記，一一蓋在將要告別的心愛之物上面，那些在人世間流轉於不同眷戀者愛撫之手的書畫，也似乎是一個有滄桑的生命了，使人痛惜，使人不捨啊！

小時候有收藏東西的癖好，其實也是因為東西實在不多。在物質困難簡陋的年代，往往一件東西可以用好多年，那從儉省而生的珍惜，最後也就成了一種對物件的不捨之情吧！

隨著物質的繁盛多餘，有時候不經意地捨棄一件東西之後，才發現，原來物質的富裕已經變成了對物的薄情了。

在許多以富裕繁華著名的大城市中，每天夜晚可以看到堆積如山的垃圾，各種尚稱完好的家具、電視機、冰箱、質料細緻的服裝……等，都被棄置路旁。我行走於那些街道之間，留戀於那月光下淒然被棄置的物件，感覺著一種大城的荒涼。是因爲富裕，使我們對物薄情，是因爲對物的不斷厭棄、丟擲，變成了這城市中人與人的薄情嗎？

工業革命以後的大城眞是荒涼啊！彷彿在繁華最盛的時刻已經讓人看到了以後的頹圮，彷彿所有的富裕卻是爲了把現世妝點成一個廢墟。

我的不再收藏東西，我的不再保有太多東西，我的不再執著於情愛的纏綿，也許正是害怕著那對物對人的薄情吧。

我願意，每一次告別一事，每一次告別一物，仍然有那「別時容易」的痛惜。有許多遺憾和悵惘，也有許多歉意和祝福。

大千世界，所有我們相遇過的物與人，容我都一一鈐蓋這「別時容易」的印記吧！

淡水河隨想

游完泳，Y說：去白雲山莊。我說：好。

白雲山莊在半山腰，向西一大片迴環的透明玻璃窗，可以俯看臺北盆地。這樣的夏日，這樣的山河，這樣燦爛，而又一寸一寸正在死去的夕陽。

我們都因此沉默了很久。

較近的外雙溪一帶的山是深色的。墨裡帶些微靛綠。因爲光在移轉，山稜面上的色彩其實不是色彩，而只是濃淡了。是中國山水畫中的墨。墨變成了眞正的色彩，而其他的黃、綠、藍、紫，都一瞬即逝，不過是光給這山巒暫時的幻影罷了。

遠處的山，層層疊疊。淡到不可模擬。淡到形體不再堅持是形體，而只是依靠、徜徉、錯落，嫵媚的傾側和流轉。

啊！這樣的大地和山巒。我不知道幾千幾萬年來，它這樣等待著，等待著，究竟要跟我們說些什麼？

好像是千泉萬壑的淚水，從北勢溪、新店溪那邊蜿蜿蜒蜒流過來。那麼曲折，那麼委婉，那麼多可說的、不可說的世代的嗚咽，流成了這浩浩蕩蕩的淡水河。

而此刻，它就在我腳下。

我不能想像，如果沒有淡水河，臺北還可能是臺北嗎？

只有在這樣的高度，才知道一條河流如何哺育了這個城市。用它的曲折，用它的委婉，用它不斷延展的身體，給田畝、給溝渠、給船舶、給牲畜和花草、給一切卑微與不卑微的，給一切願意活著、而死去亦無遺憾的生命。

淡水河在社子、蘆洲一帶，要從關渡出海以前，忽然轉了一個彎，形成了一個葫蘆形的島。它好像要努力轉回去。是眷戀、不捨，是一條河流在出海前，對那千泉萬壑的源頭的回顧、告別、叮嚀和踟躕。但是，終歸是要走的。一出關渡，那河面廣闊浩蕩，真是《詩經》裡的「死生契闊」啊！委婉、纏綿、叮嚀的愛，一旦割捨了，也可以這樣決絕，使我望之浩歎。

我有一個朋友，淡江畢業的，在淡水住了好幾年。

後來他流浪到美國，在格林威治村的路邊唱歌，唱 Bob Dylon。然後他又去了西班牙，在巴塞隆納畫地中海憂鬱的風景。

他是我看過的臺灣學生中，少數在年輕時沒有老去的。他唱過歌，畫過畫，自由、任性而活。願意到處去看看美麗的東西，以麵包和清水度日。對善良樸實的人們，眞心敬重。但是自己既是個歌者，也不願在一地久留，一處一處流浪，也難免寂寞頽唐的時候罷。

後來他想家了。他寫信說：總有一天，要回到淡水，死在淡水。

他眞的回來了，在淡江校園唱了近一年的歌。然後他死了，爲了救一個美國青年，淹死在他愛的淡水。

我忽然想起他的歌〈送別〉：

我送你出大屯，
看那大屯高又高；
我又送你到大河邊，
看那大河長又長……

如果他不死在淡水，他是不能甘心的吧！

「死生契闊，執子之手」面對生命往前去的坦蕩決絕，我還這樣眷戀、牽掛、願意和人世依靠、親膩、迴環啊！

如果，我們也有一個民歌手，像 Demis Roussos，用那樣悽愴又狂野的希臘人的聲音唱

Planet Earth is Blue，我想，他一定要一唱再唱這婉約美麗的淡水河啊！

當船舶和游魚都逐漸消失，當兩岸可以種植的土地越來越少，並不好看的樓房擁擠雜亂，啊，淡水河，你仍然固執著用這樣深情的姿態，悠悠流淌過臺北。好像古老神話裡棄杖而死的夸父——那狂渴力竭而死的大神，倒下時，卻用祂汩汩的淚水，在大地上流成了長河。

自私的放肆的愛
——給阿吉的信之一

阿吉：

我此時坐在一個飲食店給你寫這封信。

我的窗戶外面是一排摩托車，有一個中年的戴灰呢帽的男子在看守。有人來停車的時候，他就從一張舊籐椅上起來，在車把手上掛一個小木牌，並且拿另外一個同樣的木牌給停放車子的人。

車子裡有你騎的鈴木125的那一種，也有Vespa 90和光陽125。有的看起來十分骯髒邋遢，連油箱上也撞了幾個凹痕，好像一個沒有人好好照顧的孩子，一臉鼻涕，青腫紅紫的傷痕；也有的車子看來乾淨漂亮，刻意打扮過，甚至連把手上也套著毛線織的套子，還綴著兩個絨球，在風裡輕輕飄盪著。

我不明白爲什麼會有這麼多機車停在這裡。似乎附近並沒有戲院，也沒有學校。後來我才想到，這裡是一個商業區。我因此留意了一下，來停車和取車的人，都很匆忙，看起來的確像是年輕的業務員——穿著厚夾克、西裝褲、皮鞋，手裡提著公事包，匆匆忙忙的停車、取車。他們大多有一種緊張和專注的神情，是你們所沒有的。

阿吉，你還記不記得？那天我問你：這種惡情緒的來源，會不會是因爲大學的生活太懶散了。

你沒有回答我。你慣常打發你不願意或不知道怎麼回答的問題，便一逕沉默著，不吭一聲。

我又看到你的長褲在膝蓋部分一條手掌長的裂口。一個禮拜以前，我第一次看到時，曾經問你：「怎麼搞的？」你說：「騎摩托車摔的。」「沒有人能替你縫一下嗎？」我跟你開了一個玩笑，你就談起你那個哲學系的女友來了。我喜歡看你談她的樣子。有一點頑皮，又似乎十分得意，很愼重地找一個字來形容，最後還是覺得不成。低著頭，嘴角含著笑，有一種別人無論如何不能了解你的私自的祕密的那種快樂的表情。搖著一頭鬆鬆散散蓋在額上的頭髮，決定性地說：「老師，你不會懂的，那種感覺……」

我哈哈大笑。一個老師被他年輕的學生說：「你不會懂的」之後，還能夠說什麼呢？

但是，我眞的快樂，因爲我完全知道我的學生在一種年輕的、自私的、放肆的愛的愉悅中，而這樣的自私和放肆，阿吉，你知道，我是多麼願意全心去縱容啊！

來這裡停放機車的人，大多是三十歲左右。我想：他們大概結婚了，像許多現代的家庭，有一個或兩個孩子。他們如果是一個普通貿易行的業務員，生活的擔子也一定很重。要供給孩子最好的營養、教育和娛樂；分期付款買彩色電視、買洗衣機、買三十坪左右一戶的四樓公寓，或者付昂貴的房租。他們也很少有休假的機會，每天匆匆忙忙的來去，（那個油箱上撞了幾個凹痕的主人來取車了，他是一個黝黑的瘦子，脾氣不好的樣子，用力踩著發動器，彷彿壓著一個他不能馴服的什麼東西……）啊，阿吉，我在想：這些人，他們是否還有你此刻這樣年輕的、自私的、放肆的愛和快樂呢？

我又看了一次那戴灰呢帽看守的中年男子——不，他其實已經不止中年了，看來是一個退休的軍人。他只是直直的坐著，把手上一堆木牌，從左手移到右手，從右手移到左手，一直到有人來停車，他才機械地從籐椅上起來，做他例行的工作。阿吉，你想：他的妻子會是什麼樣子的呢？你想：他會不會也有過你此刻這年輕的、祕密的、自私而放肆的愛的快樂呢？我願意你這樣自私的、放肆的去經驗一次年輕的愛情。有一天，也許你會坐在這同一個窗口，看著同樣一些停放機車的匆匆忙忙的三十歲的業務員，或看著同樣一個不止中年了的戴灰呢帽的男子，那時候，我願意你仍然記憶著你曾經有過的一次自私的、祕密的愛情，而同時，又經驗著另一種全新的愛的快樂，一種從這自私的、放肆的愛中成長起來的廣闊而安靜的愛，可以在冬天靜靜的陽光裡，俯看來往匆忙的人群，記住他們黝黑有點疲倦的面容，記住他們煩躁容易暴怒的表情，記住他們在生活的辛苦之中，仍然不懈地去擔負起對妻子的愛、對子女的愛、對工作的責任……

阿吉，我在路上看著來往的人群的時候，常常會覺得自己是其中的某一人。我此刻坐在這窗口，也覺得自己可以是那黝黑瘦小的三十歲的業務員，想他的妻子是我的妻子，他的子女是我的子女，他的沉重的每月的房租是我的房租，他在煩重的業務中容易暴怒的情緒也是我的情緒；我也覺得我可以是那過了中年的老人，生活眞是單調而寂寞，只有坐著，機械地把東西從左手交到右手，從右手交到左手……。每當我覺得自己是人群中的某一人，我便覺得我懂得了他的快樂，也懂得了他的辛苦。阿吉，命運眞是一個奇妙的東西，爲什麼「我」是「我」，而不是另外一個人？如果我是另外一個人會有什麼不同？如果我是那黝黑的男子，我會更開心愉快一點嗎？如果我是那戴灰呢帽的老看車人，我會比較不那麼寂寞？我眞不敢說啊！

阿吉，我不跟你說了，你這樣年輕，原是受縱容和寵愛的年齡啊！這些三十歲的業務員和老看車人的故事，讓你以後再去想吧！

你的「惡情緒」好一點沒有？我下一封信要跟你談一談你的「惡情緒」。

石頭記

我有一塊石頭，看起來斑剝鬼奇；不但滿是蒼辣虬老的皴皺，而且還有多處被蝕鏤成空洞，姿態奇磔。

我常常拿在燈下，細看它的紋理。小小一塊頑石，線條的流走牽連卻如驚濤駭浪，彷彿依稀可以聽見水聲迴旋，拍岸而起，浪花在空中迸散……是被風狼狂濤愛過，愛到遍體鱗傷的一塊石頭啊！

這塊石頭，是多年前去龍坑旅行帶回來的。

龍坑在臺灣最南端，比鵝鑾鼻還南。如果在地圖上找，應該是鵝鑾鼻下方，突出於海洋中的一塊地岬了。

從鵝鑾鼻到龍坑沒有車去，必須步行穿過一片礪石堆和瓊麻林間踩出的小路。瓊麻如劍戟一樣的葉片森森直立著。這種野悍的風景，正是恆春半島的特色。但是，到了龍坑，連恆春的沃腴也沒有了。一片布置於大海狂浪中粗礪尖峭的岩石地塊，因爲土壤被長年海風吹蝕，只剩了岸石隙縫中存留著一點點土。一種叫做銀芙蓉的植物，耐旱、耐風、耐海水的鹹腥與狂暴，便在隙縫中生了根，虬結盤屈地生長蔓延開來了，那是在其他地方很少看到的植物，幾乎沒有什麼葉子，看來似乎已成枯枝的虬勁根幹，貼著地面，頑強固執地生長著。

古人欣賞奇礫虬勁的奇木奇石，大概是因爲那奇礫虬勁中隱藏透露著生命奮鬥的痕跡吧！當那掙扎求活的傷痛過去，那掙扎求活的姿態卻成了使人歌讚的對象。後人把玩、瀏覽、細細撫愛，那使人歌讚的紋痕之美，何人還記得來自於心痛如絞的傷痛呢？

龍坑的岸石也因爲長年遭海浪沖蝕擊打，形成了奇岩。大部分尖銳醜怪；掙扎求活中，好像還有生命最後的霸悍。有的襤褸斑剝，被蝕空成許多如蜂巢般的空洞，海浪在其中鑽竄，發出咻咻如哨般的聲響。

澎轟的大浪永不歇止。浪沫在晴空中飛揚散去。後退的浪潮，在岩石隙間迅急推湧、迴旋。但是，它還要再來，它還要傾全力奔赴這千萬年來便與它結了不解之緣的粗礪岩石啊！

愛者和被愛者，都有一種莊嚴。海的咆哮、暴怒、不息止的糾纏之愛；岩石的沉默、固執、永不屈服、永不退讓。那樣繾綣纏綿，眞是要驚天動地啊！它們依傍、親膩、迴環；它們用近於憤怒、毀滅的愛相擁抱。生命這樣揮霍耗損，淚潸潸流盡，所剩的也便只是一塊斑剝襤褸、卻還猶自傲然兀立著的生命的骸骨吧！

我細細查看，我的石頭。不但有蝕成空洞、潰裂的痕跡，也竟然有水紋迴旋的印記。這樣柔軟的水的撫愛迴旋，竟也在堅硬如鐵的岩石上留下了印記。那紋痕嫵媚婉轉，不使人覺得是傷痕；是千萬年來這不可解的愛恨留上的傷痛的印記啊！

原來《紅樓夢》要叫做《石頭記》，一切人世的繁華幻滅，從頭說起，不過是洪荒中一顆飽歷滄桑的頑石罷。

滿地都是石頭，遭人踐踏，踢玩。我的桌上供著從龍坑帶回的一塊。有時看一看，可以看到醜怪苦澀的蒼皺中有彷彿淚痕的細緻婉轉。我也便可以笑一笑，對人世的繁華愛恨，都有了敬重。

輯二

大度・山

我有一個夢；總覺得自己是一種樹，
根在土裡，種子卻隨風雲走去了四方。
有一部分是眷戀大地的，在土裡生了根；
有一部分，喜歡流浪，
就隨風走去天涯。

無關歲月

時間其實是一條永不停止的長河，無法從其中分割出一個截然的段落。我們把時間劃分成日、月、年，是從自然借來某一種現象，以地球、月球、太陽或季節的循環來假設時間的段落；時間，也便儼然似乎有了起點和終點，有了行進和棲止，有了盛旺和凋零，可以供人感懷傷逝了。

「抽刀斷水水更流」，在歲月的關口，明知道這關口什麼也守不住，卻因爲這虛設的關口，彷彿也可以駐足流連片刻，可以掩了門關，任他外面急景凋年，我自與歲月無關啊！

今日的過年是與我童年相差很大了。

在父母的觀念中，過年是一件了不得的大事。民國四十年許，我們從大陸遷臺，不僅保留了故鄉過年的儀節規矩，也同時增加了不少本地新的習俗；我孩童時代的過年便顯得異常熱鬧忙碌。

母親對於北方過年的講究十分堅持。一進臘月，各種醃臘風乾的食物，便用炒過的花椒鹽細細抹過，浸泡了醬油，用紅繩穿掛了，一一吊曬在牆頭竹竿上。用土罎封存發酵的豆腐乳、泡菜、糯米酒釀，一缸一甕靜靜置於屋簷角落。我時時要走近去，把耳朵俯貼在罎面上，彷彿可以聽到那平靜厚實的穩重大缸下醞釀著美麗動人的聲音。

母親也和鄰居本地婦人們學做了發粿和閩式年糕。

碾磨糯米的石磨現在是不常見到了。那從石磨下汩汩流出的白色米漿，被盛放在洗淨的麵粉袋中，紮成飽滿厚實胖鼓鼓的樣子，每每逗引孩子們禁不住去戳弄它們。水分被擠壓以後凝結的白色的米糕，放在大蒸籠裡，底下加上徹夜不熄的熾旺的大火，那香甜的氣味，混雜著炭火的煙氣便日夜瀰漫我們的巷弄。放假無事的孩童，在各處忙碌的大人腳邊鑽竄著，驅之不去，連那因爲蒸年糕而時常引發的火警、消防車噹噹趕來的急迫和匆促，也變成心中不可解說的緊張與興奮。

早年臺灣普遍經濟狀況並不富裕的情況下，過年的確是一種興奮的刺激，給貧困單調的生活平添了一個高潮。

在忙碌與興奮中，也夾雜著許多不可解的禁忌。孩子們一再被提醒著不准說不吉祥的話。禁忌到了連同音字或一切可能的聯想也被禁止著，單方面的禁止孩子，便不生什麼實際的效果，母親就乾脆用紅紙寫了幾張「童言無忌」，四處張貼在我們所到之處。

母親也十分忌諱在臘月間打破器物，如果不愼失手打碎了盤碗，必要說一句：「歲歲（碎碎）平安。」

這些小時候不十分懂，大了以後有一點厭煩的瑣細的行爲，現今回想起來是有不同滋味的。

遠離故土的父母親，在異地暫時安頓好簡陋的居處，稍稍歇息了久經戰亂的恐懼不安，稍稍減低了一點離散、飢餓、流亡的陰影，他們對於過年的愼重，他們許多看來迷信的禁忌，他們對食物刻意豐盛的儲備，今天看來，似乎都隱含著不可言說的辛酸與悲哀。

我孩童時的過年，便對我有著這樣深重的意義，而特別不能忘懷的自然是過年的高潮——除夕之夜了。除夕當天，母親要蒸好幾百個饅頭。數量多到這樣，過年以後一兩個月，我們便重複吃著一再蒸過的除夕的饅頭。而據母親說，我們離開故鄉的時候，便是家鄉的鄰里們匯聚了上百個饅頭與白煮雞蛋，送我們一家上路的。

饅頭蒸好，打開籠蓋的一刻，母親特別緊張，她的愼重的表情也往往使頑皮的我們安靜下來，彷彿知道這一刻寄託著她的感謝、懷念，她對幸福圓滿簡單到不能再簡單的祝願。

我當時的工作便是拿一枝筷子，沾了調好的紅顏色，在每一個又胖又圓冒著熱氣的饅頭正中央點一個鮮麗的紅點。

在母親忙著準備年夜飯的時候，父親便裁了紅紙，研了墨，用十分工整的字體在上面寫一行小字：「歷代本門祖宗神位」。

父親把這字條高高貼在白牆上，下面用新買的腳踏縫衣機做桌案，鋪了紅布，置放了幾盤果點，兩台蠟燭，因爲連香爐也沒有，便用舊香菸罐裝了米，上面覆了紅紙，端端正正插了三炷香。香煙繚繞，我們都曾經依序跪在小竹凳上，向這簡陋到不能再簡陋的宗族的祖先神祠叩了頭。

在人們的心中，如果還存在著對生命的愼重，對天地的感謝，對萬物的敬愛與珍惜，便一定存在著這香煙繚繞的桌案吧。雖然簡陋到不能再簡陋，在我的記憶中，卻如同華貴莊嚴的神麻俎豆，有我對生命的愼重，有我對此身所有一切的敬與愛，使我此後永遠懂得珍惜，也懂得感謝。

我喜歡中國人的除夕。年事增長，再到除夕，彷彿又回到了那領壓歲錢的歡欣。我至今仍喜歡「壓歲錢」這三個字，那樣粗鄙直接，卻說盡了對歲月的惶恐、珍重，和一點點的撒賴與賄賂。而這些，封存在簇新的紅紙袋中，遞傳到孩童子姪們的手上，那抽象無情的時間也彷彿有了可以寄託的身分，有許多期許，有許多願望。

——一九八七年一月·選自爾雅版《大度·山》

（本輯作品均選自《大度·山》）

春鶯囀

連日春雨過後，新栽的杏花，雖已過了開花季節，卻疏疏落落，在梢頭上綻放了幾朵。晴日以後，最喜悅的恐怕是鳥雀了，穿梭在我院中的枝葉間，啼囀不斷。

我被這一霎時盛大的繁華弄得有點心慌，覺得要屏氣凝神，細細聽一聽這春光、繁花、鳥的啼囀交織連梭成的聲音。

日本人的雅樂中還留有「春鶯囀一具」的曲子，由一種極亢烈的篳栗和笛音導引，在持續不斷地高音的反覆中，間歇著沉沉如死的羯鼓。

據說，這是唐代龜茲的舞樂；也有人以為是唐玄宗時白明達所作。

我初聽之時，覺得淒肅過於繁華，也並不深信是唐的舞樂。後來讀王士禎的《香祖筆記》，引有唐張祜的詩：「內人已唱〈春鶯囀〉，花下傞傞軟舞來。」士禎以為，「內人」即宜春院的樂舞伎，而唐代同屬「軟舞」的樂曲有〈垂手羅〉、〈回波樂〉、〈蘭陵王〉、〈春鶯囀〉、〈烏夜啼〉等。

「內人已唱〈春鶯囀〉」，使人覺得春的不可等待，而我，要到來了這中部僻靜的山中一角，才發現，春光浩大，眞的是繁華中帶著淒肅啊——！

我重聽〈春鶯囀〉，龍笛和篳栗齊導，在極亢烈的高音上持續不斷。篳栗近於嗩吶，是古人說的「裂帛之音」，有人聲在大悲歡時的悽惶；有時又像是洪荒中的嬰啼，因爲一切都是初始，所以喜悅與悽惶混成一片，不能細究。

我越聽越覺得驚異，怎麼可以這樣反覆又反覆，這樣周而復始，在一個單音上持續不斷；好像天長路遠，這夢魂與春華糾葛纏綿，永無休止啊！

中國古來把樂器歸類爲金、石、絲、竹、匏、土、革、木八種，大意也如同今人管樂、絃樂、打擊樂的分法罷。然而，我更喜歡金、石、絲、竹、匏、土、革、木說法。是更本質地愛上了物質的發音，是在虛誇的表現音之前，先被物質本原的發音感動人。是風動了竹篁，絲被撩撥；是山中的銅礦回應著大地的震動；是瓜架上的空匏，死牛身上的皮革，都依舊對人世眷戀，要使人纏絲爲絃，截竹爲管；要使金成鐘，以石爲磬，蒙革爲鼓，鋸木爲箎，而那卑微的土，被雙手圍塤，也要發著天地嗚嗚的心事，聲聲都是人的肺腑之言啊！

近來聽得最多的是歐洲中古世紀宗教清唱的 Gregorian Chant，和這支〈春鶯囀〉。因爲在形式上那樣素樸簡單，反倒是眞正的富裕繁華了。《樂記》中說「大樂必易，大禮必簡」，老子說「大音希聲」大概都因爲聽過這春光中鳥雀的啼囀罷。那天地初始混沌，有大悲痛，有大喜悅，因爲心慌，所以要屏氣凝神，繁華中而有莊肅。

我想這眞的是大唐的聲音了，是大繁華，卻沒有浮誇的得意；是「前不見古人，後不見來者」的悽愴與喜悅，知道這窗外春天的鶯囀，句句不過是生命的肺腑之言，而窗內的人，被這鶯囀喚醒，拉開簾櫳，一霎時，被春光的浩大弄得張不開眼，彷彿還是昨夜剛剛聽過的〈春鶯囀〉，鳥聲連成笙與篳栗，是長安城更鼓過後，從大地上初發的黎明，要更亮烈，更浩大，持續不斷。

空城計

余叔岩是名鬚生，他唱《空城計》中的一段西皮正板流傳很廣，許多人都熟悉那蒼涼中帶著自負的聲音：

我本是臥龍岡散淡的人……

在生死交關的這一刻，忽然回想起往事，好像有千種感傷，萬種追悔，但是，事到臨頭了，諸葛亮也只是淡淡一笑。

最好的還是結尾兩句：

閒無事，在敵樓，我亮一亮琴音。我面前缺少個知音的人。

啊，《三國》的故事說到這裡，輕描淡寫的兩句，卻眞正說中了歷史人物的心事。

諸葛亮，評陰陽如反掌，一手造就了三國的局面，這一刻，他究竟在想什麼呢？

舉目望去，天遼地闊。他想的是蜀漢的安危？是西城的百姓？是戰爭的勝負？還是他想到了歷史？在城樓上看著四野荒苦的風景，連年來的征戰，連年來的鬥智鬥勇，「東西戰，南北剿，博古通今」，諸葛亮啊，諸葛亮，怎麼忽然覺得自己這樣寂寞，面前就缺少個知音的人呢？

這一刻，伴隨著幾個掃街的老兵丁，兩個幼小的琴童，琴音幽靜——

眞是久違了啊，這琴聲。

自從離了臥龍岡，攪入這人世的漩渦，久久沒有這樣安靜過了。

而此刻，司馬懿的大軍要來，諸葛亮坐鎮空城；是歷史上千萬人等待的時刻！

——諸葛亮、諸葛亮，一切的智慧、謀略，到了極致，其實只是一清如水的安靜吧。

——我何曾是與司馬懿決勝負呢？

——我是在歷史上設下了一注不能回頭的賭局啊！

原來生命不過是一局賭，下了賭注，不能回頭，無有反悔。

原來生命不過是看來滿是計謀狡詐——其實句句實言的賭局。

——司馬懿啊！司馬懿。

這城原是空城。

諸葛亮束手就擒。三國就要結束。歷史要改寫。

天地的風雲在變滅。

——司馬懿，猶疑什麼呢？諸葛亮何曾留戀這功名江山？毀滅和失敗，我已久久盼望了啊。

——我可以在百萬雄驍的大軍前撫琴而笑。

琴啊琴，眞是久違了。諸葛亮，不再是智謀韜略蓋世、忠義貫天、扶保蜀漢的武鄉侯；諸葛亮，仍是那臥龍岡上一散淡的人罷了，在田陌間走來走去，無有牽掛。

——只是，天遼地闊，怎麼面前就缺少個知音的人呢？司馬懿，猶疑什麼？猜忌什麼？爲什麼退走了大軍？

——怎麼？諸葛亮的句句實話，反成了歷史上最高的計謀了嗎？

余叔岩的聲音眞是自負中帶著蒼涼的，我聽了又聽，覺得是歷史的自負，與歷史的蒼涼。四處都在鬥智鬥勇，以小小的狡詐計謀沾沾自喜。不知道臥龍岡上還有沒有一個散淡的人，句句實話，懷著歷史的自負與蒼涼，懷著一清如水的安靜，撫琴而笑，擾攘的人間，看世局風雲變滅，再唱一唱這驚天動地的《空城計》。

寒食帖

假日無事，便取出蘇軾的〈寒食帖〉來看。這是蘇軾於神宗元豐五年（一〇八二）貶到黃州所寫的詩稿。字跡看來顛倒隨意，大小不一，似乎粗拙而不經意；但是，精於書法的人都看得出，那倚側頓挫中有嫵媚宛轉，收放自如，化規矩於無形，是傳世蘇書中最好的一件。

……空庖煮寒菜，破竈燒濕葦，那知是寒食，但見烏銜紙。君門深九重，墳墓在萬里，也擬哭塗窮，死灰吹不起。

詩意苦澀，是遭大難後的心灰意冷。書法卻稚拙天眞，猛一看，彷彿有點像初學書的孩子所爲，一洗甜熟靈巧的刻劃之美，而以拙澀的面目出現。飽經生死憂患，四十六歲的蘇軾，忽然從美的刻意堅持中了悟通達了；原來，藝術上的刻意經營造作，只是爲了有一日，在生死的分際上可以一起勘破，了無牽掛；而藝術之美的極境，竟是紛華剝蝕淨盡以後，那毫無偽飾的一個赤裸裸的自己。

蘇軾一生多次遭讀謫流放，以後的流放，都比黃州更苦，遠至瘴蠻的嶺南、海南島。黃州的貶斥，只是這一生流放的詩人之旅的起程而已，對蘇軾而言，卻有著不凡的意義。

黃州的被貶，肇因於忌恨小人的誣陷，發動文字獄，以蘇軾詩文對朝政、皇帝多所嘲諷，要置他一個「謗訕君上」的死罪。蘇軾自元豐二年七月在湖州被逮捕，押解入京，經過四個多月的囚禁勘問，詩文逐字逐句加以究詰，牽連附會，威嚇詬辱交加，這名滿天下的詩人，自稱「魂驚湯火命如雞」，以爲所欠惟有一死，在獄中密託獄卒帶絕命詩給兄弟蘇轍，其中有「是處青山可埋骨，他時夜雨獨傷神；與君世世爲兄弟，又結來生未了因」這樣惋惻動人的句子。

這應當死去而竟未死去的生命，在驚懼、貪戀、詬辱、威嚇之後，豁然開朗。貶謫到黃州的蘇軾，死而後生，他一生最好的詩文、書法皆完成於此時。初到黃州便寫了那首有名的〈卜算子〉：「……驚起卻回頭，有恨無人省。揀盡寒枝不肯棲，寂寞沙洲冷。」那甫定的驚魂，猶帶著不可言說的傷痛，但是，「揀盡寒枝不肯棲」，這生命，在威嚇侮辱之中，猶不可妥協，猶有所堅持，可以懷抱磊落，不肯與世俯仰，隨波逐流啊！

黃州在大江岸邊，蘇軾有罪被責不能簽署公事，他倒落得自在，日日除草種麥，畜養牛羊，把一片荒地開墾成爲歷史上著名的「東坡」。有名的〈江城子〉寫於此時：「……走遍人間，依舊卻躬耕。昨夜東坡春雨足，烏鵲喜，報新晴。」是在狹小的爭執上看到了生命無謂的浪費，而眞正人類的文明，如大江東去，何嘗止息？蘇軾聽江聲不斷，原來這裡也曾有過戰爭，有過英雄與美人，有過智謀機巧，也有過情愛的繾綣，啊，眞是江山如畫啊，這飽歷憂患的蘇東坡，在詬辱之後，沒有酸腐的自怨自艾，沒有做態的自憐，沒有了不平與牢騷，在歷史的大江之邊，他高聲唱出了驚動千古的歌聲：「大江東去，浪淘盡，千古風流人物……」時在宋神宗元豐六年，西曆一〇八三年，蘇軾四十七歲。

蘇軾的〈赤壁賦〉也寫在這段時間。〈前赤壁賦〉原蹟藏在故宮博物院，文末尚附有小註：「軾去歲作此賦，未嘗輕出以示人，見者蓋一二人而已。欽之有使至，求近文，遂親書以寄。多難畏事，欽之愛我，必深藏之，不出也。」被誣陷之後，蘇軾也知道忌恨小人的可怕，「多難畏事，欽之愛我，必深藏之，不出也」，知道這件文學名著的背景，再讀東坡這幾句委婉含蓄之詞，眞是要覺得啼笑皆非啊！

在黃州這段時間，東坡常說「多難畏事」或「多難畏人」這樣的話。他的「烏臺詩案」不僅個人幾罹死罪，也牽連了家人親友的被搜捕貶謫，他的「多難畏人」，一方面是說小人的誣陷，另一方面，連那深愛的家人親友學生也寧願遠遠避開，以免連累他人。與李端叔的一封信說得特別好：「得罪以來，深自閉塞，扁舟草屨，放浪山水間，與漁樵雜處，往往爲醉人所推罵，則自喜漸不爲人識。」

穿著草鞋，跟漁民樵夫混雜在一起，被醉漢推罵，從名滿天下的蘇軾變成無人認識的一個世間的凡夫俗子，東坡的脫胎換骨，正在他的被誣陷、受詬辱之後，可以「自喜漸不爲人識」吧。

〈寒食帖〉寫得平白自在，無一點做態，也正是這紛華去盡，返璞歸眞的結果吧。卷後有黃庭堅的跋，對〈寒食帖〉讚譽備至。黃庭堅是宋四大書法家蘇、黃、米、蔡，僅次於蘇軾的一人，書法挺俊而美，但是他對〈寒食帖〉歎爲觀止，正是黃州的東坡竟可以連美也不堅持，從形式技巧的刻意中解放出來，美的極境不過是「與漁樵雜處」的平淡自然而已吧。

在擁擠穢雜的市集裡，被醉漢推罵而猶能「自喜」，也許「我執」太強的藝術家都必要過這一關，才能入於美的堂奧，但是，談何容易呢？

辭歲之鐘

老遠從臺北到京都，只單純爲了聽一聽寺廟裡的辭歲之鐘。

據說，子夜一到，遍山寺院的鐘聲就要一同響起，徹夜不息。

下午特地睡了一覺，醒來時已是十時許，用了餐，從客棧出來，便往東山的寺廟區走去。

東山是京都外緣地勢較高的一帶，丘陵綿亙，古老的寺院一一毗連建築在山坡上。幾個我熟悉而喜歡的寺廟中，清水寺據位最高，有彎曲的石板小道盤桓上山，兩旁是專門售賣著名「清水燒」陶製品的小店鋪。

清水寺依陡崖而建，用巨大的柱樑架構支撐著，那臨崖懸空的一面便可見謹嚴聳峻的結構之美。寺後又有「羽音瀧」，引山泉涓滴入石槽下注如瀑，來拜觀的遊客用長柄的錫勺凌空接水而飲，也是祈願納福的意思罷。秋天清水寺滿山紅葉又如火燒，這諸多因素，便使清水寺聞名於世了。

京都大部分的寺廟年代久遠，漆飾落盡，只剩原木的樸質。斗拱屋簷下常用鐵絲作網罩護，防鳥雀築巢，以維護古蹟。然而鳥雀還是常在樑柱間穿飛，加上人們豢養的鴿子，下飛啄食，使人想起杜甫〈遊長安大雲寺詩〉中的句子：「黃鸝度結構，紫鴿下罘罳」。「罘罳」指的是建築中鏤空的木雕裝飾，在京都看到的寺廟大多保持唐宋的風格，「結構」與「罘罳」都粗壯結實，給人力學上厚重謹嚴的感動，還沒有發展到明清建築過度繁縟瑣細的程度。

京都不少地方使人緬想起長安，街道的規格、建築式樣、地名、寺廟、節日風俗，都使人隱約回味著唐詩與繪畫中的景象。尤其煙嵐幽深的東山，一山蒼翠，寺院林立，是古文化的重要活動區，在那靜謐曲折的巷弄石板路間行走，彷彿一照面就要碰見騎驢而來的李賀，正苦吟著一句將要驚動世人的新詩：「天若有情天亦老……」

「天若有情天亦老」，天上只是密蓄著濃厚雪意的灰雲，我一路往清水寺走去，心想，那裡鐘聲清亮，而且可以俯看京都夜裡的燈火。

街道上擠滿了人。從各處趕來的百姓，都湧向東山的各寺廟去，等待一敲那既是告別又是祈願的辭歲之鐘。

女子們都刻意打扮過，穿顏色鮮麗的和服，腰間纏紮橘紅色或紫色醒目的帶飾。高高的髮髻上滿插成串的小花、鈴鐺、羽毛的各色飾物。

雪剛融化，地面上還潮濕，女子們攏著衣裙的下襬，在滑濘的石板上款款而行，衣裾下露出潔白襪子包裹著的美麗足踝。她們躬身屈膝行走，彷彿手中攏著珍貴之物，怕弄傷了，那種謹慎，便使僅僅是行走也有了舞姿似的婀娜。

一個明艷的女子和夥伴調笑，被友伴嗔怪，又是歉意，又是頑皮，舉袖掩口而笑。笑聲如鈴，久久不肯散去，在清冷的空氣中化作一縷縷悠長的白煙，慢慢昇舉、變幻。彷彿因爲寒冷，笑聲凝止了，化作視覺上煙的悠揚，在這歲月與歲月交關的時刻，使我望著那不可知的昇舉與變幻，有空漠與悲哀的感喟啊！

清水寺的鐘在入寺的山門附近。山門是獨立的一幢如漢闕的建築，榱桷峥嶸，簷宇飛張，使人感覺著意氣風發的氣勢，而這裡，地勢頗高，已可以眺看京都市燦爛如花的夜之燈火了。

鐘頗大，有一人高，鐘壁沉厚，用極粗的繩索纏縛懸吊在鐘亭的木樑上。鐘旁另外懸垂著一根橫置的木柱，有腿肚粗細，可以拉動，那就是撞鐘發聲的木杵了。

一路蜿蜒的山道上全佈滿了人，排隊靜候子夜來臨。

我看了一會兒那安靜等候的眾人的面容，有年輕結伴來的女眷，有老年夫婦，有淒苦的、有美麗的少年……。原爲了敲辭歲之鐘來的，我此刻卻只想細看那虔誠守候辭歲之夜的世人的面容。

山腳下京都的繁華和石苔上一簇未融殘雪的晶瑩，都可讚歎，我又繞到寺後，聽夜靜無人時「羽音瀧」涓細的水聲。

陡地，那第一聲的辭歲之鐘轟然響起。啊！告別原來是這樣鄭重。

我繞回寺前，在一塊突起的磐石上俯看鐘亭。

撞鐘的人在鐘前一擊掌，那清脆的掌聲是宣告、是信諾、是歲月交關的時刻許給這天地的一願。他合十深深一拜，拜完，才上前一步，用力拉動木杵，全力在鐘上撞出驚動天地的一響。

南禪寺、銀閣寺那邊也傳來了鐘聲。

四山都是鐘聲了，遠遠近近，此起彼落，那麼多已逝去的、和未逝去的眷愛、憂苦、祈願與祝禱，化作這在天地間連綿不斷的鐘聲與鐘聲的迴響。

我在磐石上深深一拜，這鐘聲中眾人的悲苦與喜樂，我也都有一分啊！

山盟

觀音

我跟山有緣。

小時候住臺北，四面環山。因爲還沒有高樓遮擋，一眼望去，層層疊疊，全是連綿不斷蒼綠的山。

我住在大龍峒，是淡水河與基隆河的交會處。淡水河已近下游，浩浩湯湯，經社子、蘆州，往關渡出海；基隆河則蜿蜒向東，溯松山、汐止、基隆方向而去。

基隆河環繞之處便是圓山，有橋橫跨河上，還是日據時代留下的石橋；橋上有幾座石亭，樣式古拙厚重，橋下是巨大穩實的墩柱。

從我家到圓山，快步跑去，只要十幾分鐘，山上有動物園、跑馬場，山下河邊有一座廢了的磚窯。

現在大概沒有人把圓山當作「山」吧，它不過是臺北北邊一處較高的所在。圓山卻是我第一個親近的山，也藉著它的高度，我開始眺望夢想更多的高山了。

高山卻全在淡水河的另一邊。

我在河堤上放風箏，跑著跑著，線斷了，風箏扶扶搖搖，越升越高，往河的對岸飛去了。

河水一片浩渺，河水之外是爛泥的荒灘，荒灘之外是稻田、房舍；稻田房舍之外，呀，放眼看去，便是那錯錯落落，在煙嵐雲嶂裡乍明乍滅的一片峰巒了。

我玩倦了，坐在高高的土堤上看山，隔著浩渺的河水，隔著荒灘、稻田和房舍，覺得那些山遙不可及。

下了課，沿河邊走回家，順便在土堤上看黃昏。日落的方向恰巧是觀音山，一輪紅黃的太陽，呼呼而下，澄金耀亮的光，逼出了山勢的暗影。

光，瞬息萬變，一剎那一剎那，全是幻滅；山卻永恆靜定，了無私念，真是山中的觀音了。

從小就看人指點觀音山，說何處是鼻子，何處是額頭，何處是下巴。指點的人，指著指著，又覺得不對，部位都不準確，只好放棄了。可是，一不指點，猛然回頭，赫然又是一尊觀音，安安靜靜，天地之際，處處都是菩薩的淺笑，怎麼看都是觀音。

小學五年級，學校「遠足」，爬過一次觀音山，不是涉河而過，卻是繞道臺北橋，一直走到三重新莊，翻過觀音山最高處，下到八里，再搭渡船到淡水，換火車回圓山，幾面觀音都看到。

「執象而求，咫尺千里」，看久了觀音山，也不拘求形象，觀音山成爲我的夢中之山了。我在八里住了一段時間，後窗一開，觀音山就在眼前，雲煙變滅，全是觀音的眉眼；我關了窗，離開了八里，觀音山依舊仍是觀音山。

紗帽

從淡水河關渡方向看八里鄉的觀音山，山勢峭秀，有特別靈動的線的起伏；如果換一個方向，站在八里鄉，隔著淡水河，瞭看對岸的大屯山系，則氣勢磅礴，一派大好江山的樣子。

觀音山有女性的嫵麗和溫婉，大屯山則是男子的雄強壯大，它渾圓厚重，不露尖峭的石質，土壤豐厚，滿被著鬱綠的叢草植物，坡勢寬坦平緩，可親可近，彷彿處處可以環抱。

觀音山是無所不在的神似，大屯山是具體可親的身體，可以依靠、親近、迴環。

大屯山系覆面廣大，和七星山連成一片，包括淡水、北投、天母、陽明山一帶，全是同一個脈系。

我讀大學的時候上了華崗，開始住進了大屯山系的環抱之中。

記得新生訓練第一天，捲著一包棉被上山，車過嶺頭，回頭一看，滿眼星碎的臺北燈火盡在腳下，我便知道，我與山有緣，要來踐前世的盟約了。

華崗本身在山裡，卻凸出於峰巒之外，是最好的看山之處。

隔著一道深谷，最近華崗的是紗帽山。

紗帽山是最無姿態的山，它其實連紗帽的曲線都不明顯，渾渾兩大堆土，近處仰看，最像一人俯地找物崛起來的臀部。

春夏的時候，我一上完「老莊哲學」，就跑到有陽光的草地上盤膝冥想，紗帽山就與我對坐。

在華崗，大學帶研究所，看了六年紗帽山。看到紗帽山的靜定，看到花開泉流，看到山色變幻，有無之間，愛恨之際，原來它的渾沌中滿是殺機，有從蛹眠中醒來的蛇與蝴蝶，有血點的櫻花與杜鵑，滿山撒開，殺機與美麗都不可思議，我懂了一點《齊物論》，懂了一點生命飛揚的喜悅與酸辛，要俯首謝它，而紗帽山，只是無動於衷，依然渾渾兩堆大土。

奇怪，我至今讀老莊，總覺得師承在大屯。

紗帽山下有深谷，下到最底處，看亂石間激流飛濺，湍瀉雲生，水聲轟轟似雷鳴。踏石涉水，可以渡到對岸，攀上陡坡，上面便是北陽公路，往右通陽明山，往左就下到天母、北投一帶。

這一帶多是溫泉區，山腳下常有天然泉窟，草木卻特別蓊鬱茂密，視野全被阻擋，完全不同於華崗的開豁，像在甕底，身在此山，卻全不見山勢。

如是機緣

紗帽山太熟了，有時覺得與它對坐久了，身子離開，神思卻留在那方草地上，怎麼喚也喚不回。

寒暑假我就常常跑到竹南獅頭山去。

獅頭山一山都是廟，從山腳盤旋而上，大大小小，各種宮觀寺庵總有十來座，我常住的是最高處的元光寺和海會庵。

海會庵是尼庵，只有師徒三代尼姑，年老到年少，打理廟中雜事，誦經唸佛，一入夜就閂了山門，各自熄燈就寢，特別寂靜。

元光寺僧尼都有，孩子哭叫，交一點香火錢，吃住都包了，香客多，人眾也雜。

我想靜時，就住海會庵，靜怕了，就搬來元光寺；原來也只有一小包衣物及書，拿了就走罷了。

獅頭山沒有大屯一帶氤氳的雲氣，顯得有點乾燥，但是它好的是有廟；清晨有鐘，黃昏有鼓，經唱遠處傳來，也成了山聲。

一夜住海會庵，入夜閂了門後，我想出去玩，便偷開了門，在山路上閒走。因爲沒有月光，山裡暗黑，遠處聽見鐵器響聲，我便站定；看不清，似乎是一隻牛，黑黑一團，可是鐵器是一根杖子，彷彿拄在人的手中，一聲一聲敲在石階上。

我有點怕，閃在一旁，待這物走近，卻是一老婦人，大約腰病，上身完全折疊下垂，頭觸到膝部，一手拄著沉重的鐵杖，一步一蹭蹬，艱難走上石階。我因爲好奇，跟在後面，一路跟到元光寺。她入了廟，把鐵杖放平，又蹣跚到大殿廡下，跪伏在地，全身俯拜下去。四處是孩子的哭叫，僧尼與眾人來往，沒有人理睬她。她兀自拜完，拿了鐵杖，又一步一步磨蹭著下山去了。

廟裡多嘴的僧人告訴我，她住在山腳下，因病癱瘓，上身不能直立，已經多年。她每天黃昏飯後，拄了鐵杖，一步一步走上山來，在元光寺大殿俯拜，再摸黑走下山去。

我在獅頭山一住幾個寒暑假，母親急了，以爲我要出家，我心裡好笑，出家那裡這樣容易，我連這老婦人拜山的莊嚴與敬重都還沒有，那裡就談出家呢！

獅頭山一處僻靜，的確也住過有心人，不知誰在山壁上刻了兩句聯，我至今還記得，說的是：

山靜雲閒，如是機緣如是法
鳥啼花放，爾時休息爾時心

一山一山走，滿眼滿耳，不過是鳥啼花放，領悟與不領悟，都是機緣。

可以橫絕

讀研究所的時候，我的論文寫的是明末的黃山畫派，黃山諸峰，藉著古人畫作，一一都來夢中；明末徜徉於峰頂白雲間的石濤、梅清、漸江，也似乎笑語言喧，猶在昨日。

黃山是奇山，刀削斧劈，幾個大石塊，磊磊疊疊，盤錯成一巨物，通體無土，露出粗礪的石質。

去過黃山的朋友跟我說，飛來峰那塊石頭，力學上怎麼看都不對，絕對應當掉下去，可是它就是懸在那兒，讓人捏一把汗。

黃山畫派的繪畫，也因此無一不奇，梅清把山畫成一縷清煙，幽幽蕩蕩，山可以行走，上升，飛逝；漸江的黃山崚嶒孤傲，常常一大塊巨岩擋面，不留一點人情餘地。

黃山是明末懷亡國之痛的諸君子隱棲之所，山勢把風景逼到了險境，時代的悲痛，也把個人的生命逼向孤絕之處。

風景和生命，逼到臨界，卻都燦若春華，可以供人歌哭了。

入我夢中的黃山太高絕了，那裡雲石虬松，處處都是明末的奇險。

寫山的奇險，令人歎爲觀止的還是李白的〈蜀道難〉吧：

噫！

吁！

嚱！

危乎！

高哉！

蜀道之難難於上青天

在中國的詩裡，大膽破壞格律的規則，用連續的單音、驚歎號與複沓冗長的句子，造成山的跌宕奇險，李白的才情，似乎正是那中原大山的磅礴奇絕，使人目眩，使人在奇險的崖壁上下望，那渺渺山河，我們驚叫股慄之時，李白已經幾個縱跳，可以橫絕生命的奇險，可以在奇絕的高處，猶有吟嘯自如的豪情。

母親生長在關中，常跟我說，上華山峰頂，要攀著鐵鏈上去，冬季大風飛作，山頂巨寺簷頂，常整片被風飛走。

中原大山常在母親口中，偶然讀史書，也要慨歎，那樣巍巍峨峨的堂堂大山，眞是英雄的江山啊！

美術史上，至今猶可仰望的，還有北宋范寬〈谿山行旅圖〉中的大山，堂堂正正一塊巨岩正中壁立，從什麼角度看，都必須仰望，他把山升高成爲一種胸懷與氣度。那是范仲淹的時代，岳陽樓上，要唱出「先天下之憂而憂」的抱負與情懷；那是歐陽修、韓琦的時代，是山，便要堂正、巍峨，絕不屈從，絕不諂媚，絕不做小家子氣；范寬的山，爲山定出了精神的極則，那佔畫幅三分之二的方正大山，是數學上的黃金分割，也是北宋初士人的風姿，不久之後，王安石要變法，不久之後，少年的蘇軾，意氣風發，要出三峽，聽巨浪轟雷。

山路

一九七五年，我從法國東部的梅瑞塢（Mégère），經瑞士到義大利，所走的山路是歐洲歷史的古道，漢尼巴大將自南而北，拿破崙由北而南，兩次向阿爾卑斯山的奇險挑戰，是歐洲史上津津樂道的。

我去的時候是九月，阿爾卑斯山的主峰白朗峰（Mont Blanc）還是積雪未化，一片晶瑩皚皚，雪水夾山勢下沖，驚天動地。

我上了瑞士，覺得這座歐洲名山太乾淨，處處都像風景明信片剪下的一塊，纖塵不染，山頂湖泊，清澈可見湖底石粒，這種雅緻潔淨，像西方人工整的花園，一路看去，無一處不好，但是，太多的「太好了」，加在一起，使人覺得不是眞的。

在瑞士邊界，我搭上了一個醉漢的車，上了車才知道他爛醉，已經下不來了。

山道迂迴盤曲，從瑞士往義大利，處處是絕崖峭壁，他酒氣沖天，卻絲毫不減車速，並且一路不忘指點江山，告訴我羅馬古代名將征服的遺跡。

幾次車在懸崖萬仞的高處呼嘯而過，我側身下窺，知道隨時要粉身碎骨，但是，車外峰嶺連接，漢尼巴與拿破崙擦肩而過，有酒氣壯膽，在歷史的奇險之處，我豈可驚懼怯懦，便一路與他歌唱到米蘭。

這人是義大利人，家在米蘭，工作在瑞士，每星期都要往來於這山路，每次都是醉酒開車，一路高歌。

阿爾卑斯山上，有多少英雄死去，漢尼巴與拿破崙聲名不朽，他不過只是一醉漢，但是，有酒與歌，一路伴隨他指點江山，在歷史的險絕處，他不減速，也不退卻，也彷彿是英雄了。

歷史眞是奇險，峰迴路轉，處處要人粉身碎骨；然而歷史也可以呵呵一笑，拿來佐酒，入漁樵的閒話。一部阿爾卑斯山的史記，我不看帝王本紀，不看諸侯世家，單挑這醉漢的列傳一讀，也便覺得山路奇險處都有了好風光。

艮 ☶

比起太過偉大的阿爾卑斯山，我印象更深的倒是橫阻法國與西班牙邊界的庇里牛斯山，荒悍奇禿，有一種原始的野性，處處是紅褐的土塊、倔強深沉，是佛拉明哥舞中鬱苦與狂歡的混合。

西方美術史上，把這種紅褐鬱綠的土塊山勢畫出神髓的是塞尚（Paul Cézanne）。從法國往西班牙去，車過 Aix-en-Provence 地區，車窗中望出去，赫然一幅一幅塞尚的畫，松綠和土褐的色塊，交錯組織在靜靜的陽光裡，是山內在的秩序，是山近於數學的結構，被塞尚一一找到了。

用生命最後的二十年，不斷看山、畫山，不斷與山對話的塞尚，把聖維克多山（St. Victorie）昇華成永恆的符號。近二十年，他住在山裡，幾乎不與人來往，只與山對話，一九〇六年，塞尚在畫山時倒下死去，二十世紀的兩大流派，「立體派」與「野獸派」的觀念與技法都從他的畫中崛起。

在西方美術史上，與山對話的畫家並不多見。西方人多在人體上看風景，中國人則完全相反，是在山水中看到了人的諸多變貌；塞尚，做爲二十世紀西方美術的宗師，這一點，倒像是中國畫家的嫡裔。

我的喜歡敬愛塞尙是較晚的事，少年時著迷梵谷、高更的鬱苦狂熱的美，要到更成熟安靜之後，才知道敬重塞尙畫中〈聖維克多山〉近於數學的簡單、莊重。

一個人一生也許只能認眞地看一座山吧。

塞尙把一生捨給了聖維克多；范寬捨給了華山，漸江捨給了黃山，黃公望捨給了富春山。

「山」是構成中國人基本宇宙秩序的元素之一，也就是《易經》裡的「艮」（☶），與乾、坤、震、離、坎、巽、兌，分別代表著八個元素，構成自然的循環與創造。

《易經》中的「艮」，有著息止的意思，艮象的形容是：「兼山，艮，君子以思不出其位。」

儒家也說「仁者樂山」、「仁者靜」，似乎，山便象徵了生命久動之後的息止，是紛亂中的僻靜之處，是靜定與沉思，是專注於一個簡單的對象，從紛擾中退下，知道停止的意義，知道一生只能捨給一座山。

大度・山

一個人一生也許只能捨給一座山罷。

我看山太多，覺得有點目迷。

日本京都一帶的東山、嵐山，山上寺廟都好，綠竹修篁，有烏鴉淒寂的叫聲。南禪寺中，一坐一個下午，好像一生都坐完了。在一方一方的疊席上瞑目盤膝而坐，室中無一物，只有山泉自高處直瀉而下，嘩嘩一片，滿耳都是泉聲。

恆春半島上有一座南仁山，因爲列爲保護區，知道的人不多。渾渾圓圓一帶不高的土山，連綿展開。四周湖水迴環，山影全在水中。山腳下住戶都已遷走，僅餘一家，養雞捕魚，掘山上的竹筍入菜，花自開自謝。湖面有一兩百公尺寬，兩岸牽一繩纜，繫一船筏，這岸人叫，那岸便拉動繂繩，渡人來往。

我初看時，吃了一驚，風景完全像元黃公望畫的〈富春山居〉。渾圓平緩，是亂世的悲愴過後，可以蜷伏著一枕入夢的元人山水啊！

與南仁山相比，臺灣東部大山峻急陡立，全是岩石的崢嶸崚嶒。太平洋造山運動擠壓著地塊，這隆起的東部大山是不安而焦慮的巨大岩石，陡直矗立，有著新山川的憤怒與桀傲；立霧溪像一把刀，硬生生把岩壁切割成深峻的峽谷，急流飛瀑，一線沖向大海，岩壁相對而立，幾千尺的直線，沒有一點妥協，是山的稜稜傲骨。

這麼多不同的山，這麼多不同的生命形式，我一一走來，卻不想走到了大度山。

最初來大度山是爲了看楊逵先生，我剛自歐洲歸來，楊逵先生出獄，在大度山棲隱，開闢農場，蒔花種菜。

大度山，據說，原名「大墩」，又叫「大肚」，有人嫌「大肚」不雅，近年才改名「大度山」。

「大肚」名字土俗，卻很好，這個山，其實不像山，倒是渾渾鈍鈍，像一個胖漢躺臥的肚腹，寬坦平緩，不見山勢。

山看多了，倒是沒有看過一個不顯山形的山。

一路從臺中上來，只覺得有一點上坡的感覺，卻全不見峰巒形勢。

有人說山勢如「饅」，圓墩墩一團，像饅頭；大屯山、紗帽山、南仁山都是饅頭山。大度山則連「饅」也說不上，它真是一個大肚，不往高峻聳峙發展，倒是綿綿延延，四處都是大肚，分不清邊際。

上了大度山，要到了高處，無意中四下一望，中部西海岸一帶低窪平原盡在腳下，才知道已在山上了。

大度山，沒有叢林峭壁，沒有險峰巨石，沒有雲泉飛瀑，渾渾鈍鈍，只是個大土堆。

因爲不堅持，山也可以寬坦平和，也可以擔待包容，不露山峰，卻處處是山，是大度之山。

在大度山上一住四年，倒也是當初沒有想到的。

剛來大度山，住在學校宿舍裡，連家具都是租的。用第一個月的薪水買了一套音響，身歷聲聽普洛可菲也夫的清唱劇 Alexander Newski，我便覺得可以愛上大度山了，也覺得，只要隨時變賣了音響，歸還家具，又可以走去天涯海角。

但是，因爲不能忍受院子的光禿，就開始種起花樹，竹子、繡球、杜鵑、含笑、紫藤、紫荊、杏花、軟枝黃蟬、夾竹桃、茉莉、玉米、蕃薯，一一種下，加上兩缸荷花，披風拂葉，蓊鬱一片，一年四季，一遍一遍開花結實，在盛旺與凋零間循環，我想，只有它們，是永遠屬於大度山了。

我有一夢，總覺得自己是一種樹，根在土裡，種子卻隨風雲走去了四方。

有一部分是眷戀大地的，在土裡生了根；有一部分，喜歡流浪，就隨風走去天涯。

大度，山，大度山上的一切，有前世的盟約，也都可以一一告別，唯一想謹記於心的，還是它連山的姿態都不堅持的寬坦大度啊！

輯三

歡喜讚歎

她不只聽畢吉斯，
她也看觀衆，甚至以為「觀衆遠比節目好看」。
這便使她不那麼「為藝術而藝術」，
不那麼被藝術客觀的形式主義所纏縛，
而能在形式主義紛繁的術語中披荊斬棘，
直指「人」的主題。

「人」的電影主題

電影成爲現代人生活不可忽視的一環，已日甚一日地明顯起來了。大部分成長中的青年，主要影響他們一生的人物典型、價値觀，莫不來自於他們所接受的電影。

好萊塢爲主的西方電影工業，以獨霸的方式君臨二十世紀，影響了世界大部分地區的生活形態，主宰並決定了現代人的精神面貌。

在臺灣成長起來的青年，也不可避免地，跟隨著好萊塢的流行，在不同的階段，模仿著不同的好萊塢式的「英雄」：四〇年代到五〇年代是嘉寶、勞勃泰勒、費雯麗；五〇年代到六〇年代是伊麗莎白泰勒、洛赫遜、詹姆斯狄恩；六〇年代到七〇年代是費唐娜薇、華倫比提；七〇年代到八〇年代則是約翰屈伏塔……

電影，強而有力地進入我們的生活中，主導了我們對愛情、榮譽、生命意義的看法，成爲我們意識中重要的一部分。然而，大部分的人，面對電影時，沒有能力反省，沒有能力思考，沒有能力抗拒，我們已逐漸接受電影的單向指導，成爲電影在現實生活中的「複製品」，重複著電影煽動起來的慾望、憂鬱、愛情、叛逆、悲哀，或英雄情態。

隨著電影的蓬勃發展，電影的商業性質越形重要，圍繞著這商業行爲而活動的廣告、介紹、影話，也一併興盛了起來；大眾傳播的刻意渲染各類影星的不眞實的私生活花邊，便是明顯的一例。

傳統的藝術，諸如個人的寫作、繪畫等等，所動用的人力、財力，需要合作的要求，一般說來，都比較小。隨著都市娛樂文化的集中與需求，表演藝術——如歌劇、舞劇等，已經具備了企業的形態。

電影是標準工業革命、城市工商業高度發展以後的產物，因此，做爲文化活動的一環，電影，隱藏在背後的，卻是它殘酷的商業性罷。

這種商業性質，使大部分的電影，披著文化的外衣，卻在實際的利益動機下，煽動人性中最脆弱的部分，使我們毫無反省能力地跟著哭、笑、緊張、悲哀、憂鬱、興奮……

如果是文化，如果是藝術，當然，我們絕不認爲電影的目的止於「煽動感官」罷！

但是，強大的商業性，使電影越來越陷於「文化」與「利益」的拉鋸戰中。煽情的、刺激官能的、迴避生活眞相的電影，與深思的、反省的、面對生命現象的電影，在我們的周遭混攪不清。電影，與巨大的商業利益結合，已經層層包裝，形成了一個文化上空前未有的騙局。而在這樣的情況中，知識分子，參與到這混戰中去，助長電影商業性的發展，或大聲疾呼，努力使電影回到文化的本位上來，負起導引人性深思、反省的責任，便也看出了以電影爲中心，知識分子的見識、胸懷與道德勇氣了。

在臺灣近十年間，以專業性的態度，站在文化與意識形態的關懷上，大聲對電影文化提出反省的影評人，焦雄屏是應當受到重視的一位。

焦雄屏自一九七九年以後，陸續發表在《聯合報》的影評，無疑地，說明了知識分子關懷電影的去向、關懷電影在現代社會的角色，已到了一個成熟的時機。〈焦雄屏看電影〉不僅是焦雄屏個人的事，也同時說明著臺灣不涉批評的「影評」的時代結束了，說明著新的電影觀眾中有一部分已不把電影當消閒的娛樂，而是做爲生命思索、反省與提高生活的有力媒介。

焦雄屏在一九七九年十二月八日發表的〈畢吉斯演唱會〉一文中說：

無可否認，現代藝術是創作和商業的結合。畢吉斯認清現代藝術以販賣爲目的，以營利爲創作指針的本質，所以一直跟上時代，不被淘汰。

她又說：

我覺得，觀眾遠比節目好看。這個以少女佔大多數的觀眾群，多半屬於中上階級，白人佔了百分之九十，零星點綴了一些黑人及墨西哥人。演唱會這種昂貴的娛樂，到底還是屬於富貴的一群。

從這一篇，我們已經可以看到，焦雄屛出現於電影及文化評論上幾個不同於其他人的特質：

第一，焦雄屛關心大眾文化。她的嚴格學院訓練，沒有使她成爲書齋評論家，沒有使她封閉於狹窄的學院視野中，自滿於專業術語建構起來的象牙塔，相反地，她用最平實的語言，選擇最大眾化的題材，討論大眾最切身的文化現象。一九八〇年，焦雄屛一連串發表的對於功夫影片的探討，如〈拳精〉、〈德州訪成龍〉、〈好萊塢眼裡的『中國人』〉、〈殺手壕〉……等，便是她選取大眾最切身的電影來討論的明顯例證。

第二，焦雄屛敏感地發現現代文化與商業的微妙關係。站在對大眾文化的關切上，焦雄屛以大眾意識形態與健全思考力的立場發言，此後她大部分的作品，便常常針對文化的商業性病變，痛下針砭。

第三，焦雄屛在藝術、文化中眞正看到了「人」的重要性。她不只聽畢吉斯，她也看觀眾，甚至以爲「觀眾遠比節目好看」。這便使她不那麼「爲藝術而藝術」，不那麼被藝術客觀的形式主義所纏縛，而能在形式主義紛繁的術語中披荊斬棘，直指「人」的主題。

以上這些特質，使焦雄屏在國內影評上具備了一種特殊的風貌。

經過嚴格的學院訓練，一直到近兩三年來，轉而對第三世界影片及中國電影史的興趣，焦雄屏對某些朋友及讀者而言，似乎越來越不「學院」，或不那麼「理性」、「客觀」了。

她從對「人」的關心到積極介入其間，使她的道德勇氣遠遠超過藝術形式的分析與討論。這是好是壞，我還矛盾著。好像好幾次我勸她也要維持對藝術形式技巧的注意，但是，另一方面，我又感覺著那強烈的「人」的關懷，的確比許多「客觀」、「理性」的、然而冷漠不關心的思考是更具震撼力的罷。

焦雄屏越來越不避諱她的立場與堅持，雖然失去了一部分知識分子中爲求「理性」、「客觀」的讀者，但是同時，也顯然給予更多對人世社會、民族懷抱著熱情的青年以強烈的震動，使他們在虛無、乏力、安逸到欲死的盡頭，似乎看到了另一種生活方式的可能。看到了做爲現代文化中最重要一環的電影，也可能是昂揚而奮進的生活紀錄，知道了電影在文化與商業之間，其實是一場漫長的戰爭，對人的互助、友愛、正義、良善，多一點堅持，也便是在電影立足於文化多得回一點陣地罷。

焦雄屏自己在轉變之中，臺灣的電影文化也在轉變之中，焦雄屏的影評，的確已逐漸溢出了「電影藝術」的範圍，而是更廣闊地把電影藝術當一個嚴肅的文化課題來看待，把電影藝術置放在社會、歷史的大格局上去衡量，雖然時或過於激情，影響了透視上的準確，但是，在電影評論上深懷著對人、對社會、對歷史的情感，焦雄屏仍然以她獨特的風貌在影評中有令人激賞的魅力罷。

——一九九九年六月・選自聯合文學版《歡喜讚歎》

輯四

今宵酒醒何處

這些似乎熟悉又不熟悉的風景。
熟悉，是因為萍水相逢，
我與風景，不過都在流浪途中。
不熟悉，是因為每一分每一秒都在告別，
那車窗外不斷飛逝而去的風景與歲月，
我何曾留住任何一點一滴。

屋漏痕

——獻給臺靜農老師

牆上有一塊水濕的漬痕，顏色非常淡，泛黃中有一點點淺褐。

水，本來是沒有顏色的。被水濡濕了的衣服，乾了以後，也並不見留下什麼痕跡。

牆上留下像拓印一樣的水的漬痕，因此是日長月久累積的歲月的痕跡罷。說它是「淺褐」，也並不正確，它事實上不像一種顏色。是水在牆上漫漶流滲，日復一日，那無色的水，竟然也積疊成一塊漬痕。彷彿歲月使一切泛黃變老，那水的漫漶流滲，也使牆起了心情上的質變。

中國書法繪畫都常提到「屋漏痕」。「屋漏痕」暗喻著中國美學追求的意境。長久以來，許多人以爲「屋漏痕」是一種筆觸、形態、或色彩，然而，面對著牆上這一片水濕的漬痕，我想，也許「屋漏痕」更是一種心境罷。是發現了水與歲月都無蹤跡，但是，日久天長，水與歲月竟然又都留下了漬痕；從斑駁漫漶的淚漬般的牆上水痕，古老的中國，因此了悟了歲月，了悟了美，也了悟了生命。

用飽含水墨的毛筆拖過容易沁透的宣紙或棉紙，水墨隨筆勢滲開、渙散。墨跡在紙上留下的筆觸、形態、色澤都比較明顯，隱藏在墨線之間及墨線邊緣那水痕的流走卻不易覺察。

但是，水痕確實是存在的。當握著筆的手靜定到一定程度，在靜定中點捺牽連，在點捺牽連中呼應著自己均勻謹慎的呼吸與心跳，這時，常會發現，墨的內在，原來有流動的水痕，像一片遊走的光，使墨有了層次，使墨不呆滯死寂。

使用現代工業製造的墨汁寫字便很難體會這種變化。水與墨，有交融與不交融的部分；水與墨，有衝突，有抵消，也有沁透、融滲與渙化。水與墨，一有色，一無形，有色在無形中消融，無形日積月累，疊積了歲月與年代，竟成紙上一片漫漶的水的漬痕。

「屋漏痕」暗喻的正是歲月與年代罷！

在大阪博物館看到一幀明末倪元璐的水墨奇石，草草勾來，墨線與墨點流蕩錯落，只覺淋漓渾茫，滿紙都是歲月的水痕。

倪元璐的書、畫都不多見。他的書法遒勁老辣，筆的走勢中全是稜厲的頓挫，佔了畫軸上半的位置。下面勾勒奇石的線條卻輕鬆自在，從規矩形式中解放出來，像麻索敗絮，像流走的雲嵐煙靄，水與淡墨拖帶出線的牽連，幾點濃黑的墨的苔點，驚心駭目，在線的流走牽連中排比成靜定的秩序。

線與點在複製上都還可以領略一二，然而水痕是不可見的。水痕只在這唯一的紙上，隨歲月輾轉流離，三百年前明亡時的水墨塵緣，未曾劫毀，也另有了畫面的滄桑。

水墨畫其實是水痕的領悟。水不同於油，有特別靈透變幻的生命。西方的油彩在畫布上凝結固定，中國的水墨卻在紙絹上沁滲渙散；前者追求具體可見的形象，後者融墨於水，水痕交疊，只是漸淡漸遠的一種心境罷。

飽含水分的墨與色彩，結合著水光，在濡濕的紙上顯現出層次的迷離。水與墨的交疊融蕩是水墨畫創作過程中最動人的部分。但是，畫水墨的人，也大都經驗過紙張乾透，水痕消失那種惋歎又莫可奈何的心情罷。

墨，一旦失去了水痕的滋養，便從明靈變得黯淡，從瑩潤變得枯槁了。因此，水墨畫要一次一次渲染，每一次都是爲了積疊水痕，使紙張乾透之後猶保持著淋漓蒼潤的效果。

畫工筆畫的人手上總離不開一支「水筆」。「水筆」是一支飽含清水的筆，在每一次上彩之後，又用這支「水筆」洗掉，然後再上彩，再洗掉，反覆洗到十多次以上，使水痕與色彩積疊成淡而有韻的光澤。不耐煩的人很難理解，一次又一次洗掉後積疊的色彩，與一次濃刷上去的俗艷之色差別在那裡罷。

寫意潑墨，看來瀟灑奔放，墨瀋淋漓，彷彿全是急躁快速的潑灑。其實，眞正精采的寫意畫，從墨線外緣水痕細緻的婉轉收放，可以看出運筆的謹慎之處。寫意經營水痕，也算是另一種形式的「工筆」。

倪元璐的墨線與墨點外圍都有極細緻的收斂的水痕。簇新時不知是不是這麼明顯，年代久遠了，水痕泛黃，特別如珠玉，有樸穆內斂的光。

中國美學上說「惜墨如金」，似乎「惜墨」是爲了領悟水痕。特別「惜墨如金」的畫家，元朝如倪瓚，明末有八大山人，畫上的水痕，前者空透，後者渾茫，都值得細細咀嚼玩味。

西方當代極限主義（Minimalism）的畫家，AD Reinhardt，在整個畫面的黑中營構不易覺察的黑，近於中國墨的單色系中層次的變化。但是畢竟不是「水」墨，只有形色的積疊。而中國的水痕，卻是從形色的羈絆中一跳而出，使視覺藝術的形色，一轉而爲哲學心靈上時間的探索。「屋漏痕」的美學若不從這一點去領悟，也只能落於形色實相的糾纏罷。

這牆上一塊水濕的漬痕，看久了，可以看到雲嵐變滅，看久了，可以看到山河蜿蜒，現象與心事的風景都在其中，有悲辛沮鬱，也有歡唱飛揚；具象與抽象原無分別，自古而今，不過是爲了參悟生命本質的滄桑，美與了悟都在這「屋漏痕」中了。

——一九九〇年七月．選自爾雅版《今宵酒醒何處》

（本輯作品均選自《今宵酒醒何處》）

大學

獨自旅行，時間特別悠長。可以十幾小時，坐著不動，只看車窗外流逝的風景。丘陵起伏、河水潺湲；落盡葉子的荒疏的樹林，或者一無景致的大平原上流動著淡淡的早春氣候的寒煙。

這些似乎熟悉又不熟悉的風景。熟悉，是因爲萍水相逢，我與風景，不過都在流浪途中。不熟悉，是因爲每一分每一秒都在告別，那車窗外不斷飛逝而去的風景與歲月，我何曾留住任何一點一滴。

這樣的旅行竟似乎是生死途中的流浪。無始無終，無有目的與歸宿。

青少年時，對流浪有一種嚮往。那時候家裡管教得嚴，連在外過一夜都不允許。也許因爲這樣罷，揹著一個簡單行囊，一身破舊衣褲，有目的，或沒有目的的流浪，就成了那一年紀美麗的夢想。

夢想不能實現。常常就獨自一人跑去車站碼頭，看來往行客上車上船；心中就有莫名的歡喜。車船啓程，彷彿那年少渴盼流浪的心也一起出發了。

後來在馬賽、紐約這樣的大港口看艨艟巨艦破浪而去，覺得眞是奢侈，小時候連坐在淡水漁船碼頭，看人忙碌上下貨物都有興奮喜悅。高中以後，家中男生相繼逃家了。留下悲壯決絕的告別信，寫下「男兒立志出鄉關」之類的轟轟烈烈的豪語，帶著簡單衣物，一走數日半個月。搭乘普通慢車，晝行夜伏，一路南下，緊張恐懼中自有不可言說的冒險者的興奮。結果當然是弄到一身髒臭，錢花完了，工作無頭緒，只有咬一咬牙，抱著「浪子回頭金不換」的另一種自我勉勵，不聲不響悄悄回家了。

那時的流浪，喜悅多於悲哀，的確是因爲心裡知道某處有家，溫暖、安定，有毫無條件的庇護與擔待罷。在外面無論如何流浪飄泊，受盡辛酸挫折，只要願意，收拾行裝便可以回家了。

回家之後，不免要挨打、罰跪。父親鐵青著臉、母親暗自垂淚。父親自然要教訓，罵著罵著，開始述說起自己少年時不告而別，離家去北伐抗日種種故事。弄到最後，自己也弄不清究竟是在斥責，還是勉勵；母親已經燉好雞湯，找一個空隙轉圜，便督促兒子換下髒臭衣服洗澡去了。

少年的離家流浪，似乎是爲了印證「家」的溫暖可愛，因爲別人怎麼說都不信，非得親自出去走一遭。因此，聽到沒有離家經驗的青年說「家庭的溫暖」、「父母的偉大」我總不信，那樣的青年大抵常常只是人云亦云，將來也多半做不了大事。人類傳統的原始社區，青年到十六、七歲，若還不能獨立去自謀生存，便是怯懦無能，要遭族人鄙視恥笑的。

從父母而言，孩子的離家，心情更是複雜。一方面自然難過、傷心、擔憂；但是，當鐵青著臉的父親，罵著罵著，說起自己當年時，其實心中大約知道孩子是長大了。那種喜悅，也彷彿是生命再一次經驗著新生的叛逆，初生之犢的意氣風發，父子之間，深一層的情感其實反而是藉著這種默契得以完成的罷。

然而，我今日的流浪感覺是很不同於少年時的流浪了。

我覺得是生死途中的飄泊，無始無終；沒有目的與歸宿。

在不同的車站，有不同的旅客上車下車。一個從來沒有聽過的地名書寫在站牌上。開始我頗想記住這些地名，後來記得多了，混攪不清，地名也變得沒有意義，便一一遺忘了。

坐在我左前方一個中年男子睡著了。打著鼾聲。他上車後始終是睡著的。他的鄰座已經換了好幾次不同的旅客。有時因爲路基不穩，被劇烈顛動搖醒，他怔忡醒來，睡眼惺忪，左顧右盼一回，似乎要努力辨認自己到了那裡，可是不一會兒，又放棄了，垂頭沉睡而去，繼續他的鼾聲。

這便是我忠實的旅伴罷，他使我覺得生死途中，這樣荒涼；遙遠無期的流浪與飄泊，連一個地名也辨認不出。

然而，也有短暫上車的旅客使我覺得生之喜悅的，那是一群下工的農人。

他們問我從那裡來，又問我做什麼工作。

我告訴他們我在大學教書，他們就都露出敬羨的表情。

他們的身軀一般比我任教的那個大學中的同僚和學生們都要粗壯結實。因爲長年在土地上耕種勞動罷，他們間的對話也有一種大學中已經沒有了的簡樸和誠實。

他們很好奇於大學中的青年們在學習什麼。

「他們學習種植穀物、收割、打麥嗎？」

「他們也馴養動物嗎？擠出的牛羊的奶，他們知道如何用鐵勺拍打，分離出酥酪嗎？」

「啊！他們一定有一雙巧手，可以把砍下的樹木刨得像鏡子一樣平，可以用嵌合的方法蓋起一座棟樑結實的屋子罷！」

「不同顏色與重量的礦土，掂在手中，他們知道如何分辨那一種可以冶煉出銅，那一種可以冶煉出錫，或者鉛嗎？」

我一一搖頭說「不」。

他們有些驚訝了。

那年長有花白鬍子的老人開口了，他說：

「他們的學習不是我們一般的生產知識。

他們的學習是更艱深的。」

那老人的眼中有一種信仰的光，他緩慢地向他的村人解釋：

「他們在大學中，要學習如何制訂法律，在社區中爲人們訂出是非的判別標準，解決人群間的糾紛。

「他們還要學習高貴的道德，學習如何從內心尊重別人，救助貧困衰弱的人，相信人與人可以友愛。他們也要學習對大自然的感謝，知道神的賜予應當公平分配；應當珍惜。

他們是大學中的青年，他們用我們勞動生產的時間去思考人類靈魂得救的問題；啊，那是極艱深的學習啊……」

老人眼中閃耀著奇異的光。對這一群在土地上勞苦終生的人而言，他們社區上沒有一所大學，可是，他們理念中的大學竟是這樣崇高的所在。

「他們願意爲我畫一張美麗的卡片嗎？」

一個天使一樣面龐的小孩舉起手中的一張宗教卡片。

然後，他們向我告別，下車了。

在陌生而寬廣的大平原上，車子無聲前行。路邊的燈一盞一盞亮了起來。中年男子睡夢中的鼾聲仍在繼續。而我十分想家了，想念我的島嶼，想念我在島嶼上的大學和學生們。

荒涼的生死途程中的流浪，在永不停止的惡夢與鼾聲中，還有那工作中的人給我一種清明的猛醒。此刻，我經驗著從未有過的安靜，在安靜的淚中，一一再想一次那些農地上的人有關「大學」的對我的質問。

美是歷史的加法

臺灣美術三百年展在《雄獅美術》的策劃下完成了。這個展覽在一九九〇年付諸實現，然而，我相信，對許多人而言，它的準備工作也許早在十多年前就已經開始了。

記得在一九七五年前後，我遇見了甫自臺灣去法國的李賢文、王秋香夫婦。他們把創辦多年的《雄獅美術》交託給他人，雙雙至法國求學，自然是基於對美術單純而狂熱的理想。然而，回想起來，在一起看畫展、逛博物館之餘，我們也常常深談至夜晚，談的卻多是故鄉臺灣的種種。我們談起臺灣，心中有莫名的感傷或激憤。我最初以爲是因爲流浪異地、思鄉的情緒作祟吧。但是，逐漸發現巴黎一地，來自世界各地的「外國人」佔了極大的比例。在日常生活中，也常常結識來自丹麥、德、比、北非的摩洛哥、阿爾及利亞，甚至西亞的土耳其、約旦、波斯一帶的朋友，似乎在他們身上並沒有臺灣留學生談起「故鄉」或「祖國」的混淆而複雜的情緒。

臺灣出國留學的青年心中積鬱的情緒究竟是什麼呢?平靜下來時,我或我的朋友或許便生出了探究這情緒根源的動機。

其實,十多年前,從臺灣至世界各地求學的青年,對故鄉臺灣的歷史是非常陌生的。由於一九四五年臺灣光復至一九四九年中央政府遷臺一段時間,爲了許多蠻橫的政治理由,使臺灣過往的歷史有特別被彰顯的部分,也有特別被掩蓋的部分。無論是刻意的「彰顯」或「掩蓋」,都是對歷史的曲扭。因此,以我和李賢文夫婦這樣年齡在臺灣長大的一代,我們所受的歷史教育都同樣是經過「曲扭」的歷史。

一九四九年以後,無疑地,國共兩黨長期的政治鬥爭並沒有結束,遷臺的國民黨,在這最後一隅的國土——臺灣島上建立了據點。「反共」、「復國」是政治唯一的最高目標,因此,文化政策也必須環繞這個目標活動,文化政策等同於國民黨文工會的文宣工作。在這樣的情況下,臺灣過往歷史的被曲扭,便顯得是爲了抑制本土意識的滋長,使文化活動圍繞著「復國」、「回鄉」、「光復大陸」這些目標來進行。

在我青少年時代,中國古史故事中的「田單復國」幾乎變成了無孔不入的藝術主題,戲劇、繪畫、文學無不以此爲題材。

基本上,一九四九年以後,我們看到了一種中國歷史上的「南朝心態」在臺灣被特別誇張地重演了。

中國歷史上的「南朝」，一般而言是指喪失了北方領土的朝代，在心態上從未放棄復國的意志，因此，在政治現實上便膨脹了「復國」的幻想。以南宋為例，北方的領土丟失之後，在政治結構上卻始終存在著「全中國」的架構與體系。這個偏安於江南一隅的政權，在心態上一直享有一個完整的中國，甚至設立許多「行在」的官銜，「行在長安」、「行在洛陽」，使南宋的政治規模一直是在幻想擁有全中國的心態上來規劃的。

一九四九年以後，國民黨在臺灣的政治結構是非常典型的南朝心態下產生的翻版。因此，持續了四十年，國會的結構、政權的組織始終不能承認「現狀」，而必須享有一個特別膨脹了的「中國」（而且一定要包括外蒙古在內）。

「南朝心態」在文化上的影響非常複雜，「大中國」的情結亦始終解不開。張其昀先生在任教育部長時規劃出來的「南海學園」，由盧毓駿先生以中國的古典形式來做建築設計，今天看到的歷史博物館、美術館、舊的中央圖書館和科學館，是以一整個建築群的形式來再現現實上已不可能享有的中國的幻想罷。從最早的「南海學園」到文化大學的校舍設計，再加上忠烈祠、圓山飯店、一直到中正紀念堂，這個在「復國」精神下號召的建築型態具體而微地說明了那一年代，故鄉臺灣與故鄉大陸間微妙而複雜的混淆，也大約可以探索到那一年代，出國求學的青年心中「故鄉」或「祖國」的失衡的情緒反應罷。

因此，許多這一年代出國的青年，是在流浪異鄉的感傷情懷中重新思考了自己與臺灣的關係，重新認眞閱讀了臺灣的歷史。

連橫在《臺灣通史》序中說：「臺灣無史。」

連橫在什麼樣的心情下說「臺灣無史」？而《雄獅美術》在什麼樣的心情下籌辦「臺灣美術三百年」呢？

歷史中也有激憤與感傷，然而，激憤或感傷平靜之後，眞正的對土地與歷史的愛卻是不存成見地去把前人生活過的痕跡一一再瀏覽一次。

做爲世界上最大的海洋（太平洋）與世界上最大的陸塊（亞洲大陸）之間的一個島嶼——臺灣，似乎從它誕生的位置便注定了它此後混淆不清的歷史地位。

以三百年來回溯，臺灣至少混雜了原住民、荷蘭、西班牙、閩粵漢移民、清代開發、日本殖民地及一九四九以後中原各省移民及美國商業文化的幾種明顯不同的源流，對臺灣史懷抱著任何一種別具感情的親近也許都同樣是不健康的，因爲，一部臺灣史恰恰好是多種不同時代移民構造的混合歷史。

因爲批評南朝心態下「中國意識」對臺灣本土文化的壓抑，近幾年臺灣文化界明顯地對「大中國」的反彈，一方面可以理解爲一種正常平衡的趨勢，另一方面，因此導向於「唯臺灣文化獨大」的自大自誇，也可能仍然不能從自卑心情中把自己解放出來罷。

從事於政治工作的人，常常爲了佔取群眾的上峰，不惜曲扭歷史來誇張自己的欲求。一部臺灣史，荷蘭人也許要誇張他們的開發，鄭成功則可以把「開發」解釋爲侵略者的「搜刮」。鄭氏三代在臺灣的經營，到了清代征服臺灣，因爲政治的對立，卻成了臺灣史上的「僞鄭」或「鄭逆」。一八九五年臺灣割讓日本，日本人當然有意要削減漢人移民的遺跡而代替以日本的建築形式或文化規模。因此，到了一九四九年以後，一個以「恢復中華」爲政策號召的國民黨政府，自然也要消除日本的神社……。因此，從政治的歷史上來看，臺灣史幾乎是一部減法的歷史，每一個新的政治佔取者都在否定前一個政治佔取者。歷史的減法導致一個地區文化最後的零現象。

臺灣的文化工作者、美術工作者，長期以來潛藏的激憤與苦悶，恰恰是因爲隨政治搖擺而產生的文化零現象的悲哀罷。以日據時代的優秀美術工作者陳澄波、洪瑞麟、陳植棋、黃土水、林之助、陳夏雨而言，他們在一九四九年以後幾乎長時期被遺忘，不只因爲政治的心態轉到了「大中國」的口號宣傳上遺忘了他們，恐怕也因爲許多當時列爲禁忌的條例使他們的一生貢獻輕易地被犧牲掉了。

臺灣的文化工作者可不可能從政治佔取者狹窄的減法鬥爭中把自己解放出來呢？對待一個在臺灣從事美術教育工作長達十八年的石川欽一郎，我們可不可能不把他只當成一個「日本征服者」來看待呢？石川帶領著陳植棋、洪瑞麟、楊三郎去看臺灣的天空，告訴這些青年的臺灣美術工作者如何去畫出臺灣天空特有的藍色，這樣的眞正美術者的胸懷，超越了民族、國界，超越了統治與被統治的關係，是否可能在狹隘的一部臺灣政治佔取史之外另闢一個廣闊的歷史空間呢？

十多年來，當年在法國激憤與感傷的一代陸續回到了臺灣。我們在異地所談論的有關臺灣的種種，如夢想一般陸續實現了。政治的解嚴，反對黨的出現，臺灣先行代文藝工作者的重新被肯定，從奚淞、廖雪芳在一九七五年把《雄獅美術》帶領到更爲本土關懷的路上，十多年來，雄獅終於有了足夠的能力籌辦「臺灣美術三百年」這樣的展覽了。

這個展覽不只對當年一起對臺灣懷抱著傷痛與熱情的青年們有莫大的意義，對所有關心臺灣文化前途的朋友相信也彌足珍貴。眞正在歷史上貢獻過的終於不能被抹煞，無論歷史如何被野心的政治佔取者所曲扭，歷史畢竟仍要以它眞實的原貌呈現在大眾面前。美術是以作品爲主的，當一切的政治佔取的口號過後，仍是那在寂寞的角落對美、對正義、眞理、善良有所堅持的眞正的美術作品被保留了下來，像從粗糙的砂粒琢磨而成的珍珠一般，煥發出內蘊深厚的貴重的光。

「臺灣美術三百年」可以啓示後來者，所謂歷史，不是任何人的獨大，而恰恰是前行者和後來者都把自己努力參加到一個系列的長河中去，不斷奔湧向前，也不斷繼續匯流新的參加者，不斷形成更爲波瀾壯闊的大河罷。

臺灣此後的美術命運其實仍在極大的疑問中。大家心中也都惶惑疑慮，不知道是那一種政治佔取者將取得勝利，而在政治佔取的目的上又將是那一批美術工作者將遭受前一代如陳澄波等人所受的待遇呢？

臺灣一方面在重複政治佔取者蠻橫的減法悲劇，一代否定一代，但是，我們在「臺灣美術三百年」這樣的展覽中也可以相信，有眞正美的信念的工作者，將不斷突破政治佔取者的蠻橫，以不懈的對美的努力使文化的歷史變成一種加法，使所有爲臺灣貢獻過的人，不論來自任何國度與地區，來自任何一種文化淵源，都可以手攜手，共同創造出一部豐富而美麗的臺灣美術史。十多年前懷抱過對臺灣共同夢想的青年，今天已大多步入中年了。因爲人到中年，可以往後回顧，也可以往前眺望，知道每一個人都在歷史的中途。因爲頻頻回顧，個人的激憤與感傷會逐漸緩和，成爲積極工作與奮進的歷史感，也因此對後來者有期許、有照顧與鼓勵吧。

有人說，臺灣這麼小，它可能創造出一種世界性的文化嗎？其實，雅典也非常小，希臘半島也並不很大，然而在那個半島上所散發出來的世界性美術影響力卻至今仍沒有消滅。而什麼是雅典文化？什麼是希臘文化呢？我們談到愛奧尼亞型態（Ionic order）或道立德型態（Doric order），這些最常被討論的希臘美術的術語，究其來源，竟然都是外地傳進雅典希臘的形式。

臺灣這小小島嶼上，集結了如此文化複雜的來源，它很具備了創造美術的條件。只是這些混雜的元素也許始終在心態狹窄的政治佔取的抹煞下在彼此消滅，終於使臺灣的文化流於貧薄與窄隘。因此，一種健康的美術史或文化史觀點對開啓臺灣的創造性文化前途有極大的助益。

這次《雄獅美術》策劃的「臺灣美術三百年」基本上有了初步開闊的視野，容納了不同文化階段的美術作品，這些過去彼此可能都在斷層中的孤立的斷代，因爲一種全新的視野，便有了可以彼此溝通與連接的可能，臺灣的創造性文化一旦有了歷史連接的心情，便可能迅速地取得活躍的生命力，從過去耽於激憤與感傷的情緒中復活過來，以自主性的歷史文化胸懷去走向世界。

「臺灣美術三百年」展對今年八十歲左右的一代是重要的，因爲他們幻想過祖國，卻又在現實中破滅了；對四十歲的一代也是重要的，因爲他們在異國的文化中徬徨過，又重新找到了可資信仰的基石；對二十歲的一代也更是重要的，因爲前面有了歷史，是一代與另一代不斷加起來的歷史，因此可以不懈地走上去，準備好承接歷史的胸懷與心情。

感謝爲這土地與人民工作過的勤奮的美術信仰者。

芭樂樹始末

民國四十二年左右，父親因爲轉任公職，我們有機會分配到一幢公家的宿舍。據母親說，當時分配的宿舍有兩個可能，一個是位於廈門街一帶較爲市中心的地區，另一幢則在偏遠的臺北西北郊的大龍峒。最後我們選擇了大龍峒，原因是家裡人口眾多，父母看中了大龍峒寬廣的院子，可以在兒女紛紛長大以後加蓋寢室之用。

大龍峒在四〇年代的臺北的確是一個偏僻的地方。有兩線公車從臺北車站出發，一線是2號公車，另一線是〇北，到了大龍峒，已經是終點了。

第一次和父母親搭乘了2號公車搖搖晃晃，一路從延平北路、重慶北路向北行駛，房舍漸少，稻田草澤叢樹出現，母親有些憂慮，擔心是否眞是太偏僻了。

下車的位置正是孔子廟的後牆。紅色磚牆上寫了「萬仞宮牆」四個大字，牆頭上隱隱透出高大茂密的老榕樹。沿孔子廟左轉是另一座古老的廟宇保安宮，祀奉保生大帝。保安宮前一片廣場，廣場連接著一個大水塘。水塘邊用木柱草草搭了臺在演歌仔戲。戲臺下有人坐在條凳上聊天、看戲，或東張西望。我在戲臺下繞了一回，又繞到臺後去看旦角們化妝，拉開金閃閃的綢緞衣服給小孩餵奶，一會兒鑼鼓喧天，旦角就擱下小孩，整一整衣襟，嬌聲嬌氣叫一聲「來也——」，就明眸皓齒站在臺上，又開始了她悲歡離合的戲劇。

我記得非常清楚，第一天到大龍峒之後，在戲臺下繞了一圈，便往大水塘跑去，水塘邊聽到的鑼鼓的聲音彷彿很遙遠，有一群人圍成一圈在看一件東西，我在圈外繞了兩回，隱隱約約看到一張破舊草蓆蓋著一個鼓鼓的物件，看不清，便找了個空隙，從大人腿間鑽了進去，卻赫然看到一雙白白的赤裸的腳從草蓆下伸出來。大人們談論著死者溺斃的種種，我聽了十分訝異驚慌，後來母親叫我，便趕快離去了。

關於大水塘草蓆下一雙白白的赤裸的死者的腳，一直是我個人不能忘懷的回憶，父母親不知道，兄弟姐妹們也不知道，朋友們也不知道，可是每次經過那大水塘，這景象就鮮明地浮起。

我被母親責罵了一頓，就悶不吭聲地跟著他們穿過保安宮緊側一條又窄又長的巷子，可以聽得見廟中和尚唸經的聲音，可以嗅得到燃燒的佛香的氣息，光從兩面高牆上斜灑下來，我被母親拉著手，所以雖然四顧，卻走得很快。

走完巷子，左轉便是我們的家了。一排四幢新造的瓦房。我們家是第一間，所以有三面的院子，父母親走進正在粉刷牆壁的屋內去，我則站在院中看工人在釘製籬笆。有幾處籬笆已經立起，我跑近去，從籬笆的縫隙間可以看到外面一條一條的光。

我家的右手邊隔街便是有名的清代四十四嵌商店建築的後巷，一排一排窄長的老式宅邸，從宅邸中走出拿長竹竿的小腳老太婆，用尖細的聲音責罵我們採摘她的番石榴。

這棵番石榴其實是長在路上的，而且緊靠我們家的籬笆。第一次隨父母到這裡，我站在籬笆下，看到一棵高高的綠樹，綠樹上結滿了綠中帶黃的果子。一個穿紅花衫的女孩攀在樹上，左手腕中掛著一只竹籃，右手便把摘下的果子放進籃中。我仰望著，樹的枝葉好像把整個天都佈滿了，許多圓形的光漫天灑開來，而那個提籃的女孩向我笑了，她說：「小弟，要吃芭樂嗎？」她舉起一個綠中帶黃的圓形的果子。

父親恰好走來，便跟她道謝了，她隨手擲了兩三個芭樂下來，父親接到了兩個，另一個插在新劈開的籬笆的竹尖上，父親也取了下來，拿到新裝好的水龍頭底下沖洗了一下，便遞給了我。芭樂很柔軟，咬開綠黃的外皮，內裡是粉紅色的帶籽的肉瓤，甜香的氣味。

父親一面吃一面與小女孩聊起天來，談到大龍峒，談到不遠處的淡水河，女孩便從樹梢上踮起腳指給父親看，說：「看得見的。」

小腳的老太婆手拿長竹竿顫顫地從黑暗的屋中走出，尖細地聲音罵著偷吃芭樂的小孩。女孩向父親笑了一下，一溜身就下了芭樂樹，我在籬笆的縫隙間看到她奔向小腳老太婆，又把籃中的果子一一拿給老太婆看，一同進屋去了。

女孩是小腳老太婆的孫女，後來似乎是做了護士。小腳老太婆養了一窩豬，豬養大了，常常在某些人未起床的黎明之間，趁黑夜賣給屠戶，當街宰殺，我在酣睡中驚醒，聽到刺耳的豬的嘶叫聲，慘烈極了，床上橫七豎八的哥哥、弟弟，也都驚醒，一同忐忑不敢出聲，嘶叫之後，在可以感覺到的瀕死的掙扎中聽到悶悶的一聲哀嚎，而後便一切寂靜了，我們又懵懵睡去，彷彿不曾有過方才的驚嚇。天亮時上學，路過小腳老太婆家門口便仍可看見一些地面血跡，已經混合在土中，不容易辨識了。

芭樂樹因爲鋪柏油馬路所以砍去了。鋪路的那天大家都很興奮，圍在熬煮瀝青的大車四近，驅之不去，那油煙蒸騰的臭氣和機械隆隆的聲響中都有一種莫名的興奮，而小腳老太婆坐在她的院中，散開了幾乎及臀的長髮，用刨木皮沾油一遍一遍地擦拭，她的頭髮竟是烏黑的，發著如緞子一般的亮光，她又重新把梳理好的頭髮挽成了髻，端端地在髮髻上插了一支帶翡翠蝴蝶玉飾的銀簪子。

小腳老太婆顫顫地端著洗頭水走到門口，把髒水嘩地一下潑在最後的黃色土地上，然後便無事地看工人們忙碌地夯土、噴灑瀝青，看一棵高大的芭樂樹嘩啦啦傾倒了下來。

輯五

夕陽無語

戰爭使人經歷毀滅，思考毀滅，
也對自己現在的繁華覺得只是無常。
但在無常之中，
還有王寶釧十八年挑野菜的鐵鏟，
母親永遠相信它一動也不動地端端立在寒窯之上。

寒窯上的鐵鑵

有時我想，我們的時代眞是一個怪異的時代。

在記憶之前，我總是與逃亡的惡夢糾纏不清。後面有追殺的敵人，我在各種闃暗的角落躲藏自己，有時候是廢舊的水井的深洞，有時候是蛛網密布的槅扇櫥櫃的後面。

母親告訴我的童年竟然與這些沒有緣由的惡夢完全相符，也都是倉皇奔逃的經驗。

從西北奔逃到上海，再轉福建。離開廈門的時候，我們全家是躲藏在運貨的艙板下面。母親說：在安靜的深夜碼頭，她只擔心我會忽然哭鬧起來。

那是一九四九年。

我沒有記憶，母親詳細描述的許多景像我都絲毫想不起來，但是，我只是重複著相同的被恐懼與不安追纏的惡夢。

一生被戰爭影響的父母那一代，他們其實有一種在實際災難中鍛鍊出來的勇敢與面對現實，應付現實的健康態度。

但是，戰爭對我而言卻是完全捉摸不到，卻又無所不在的恐懼陰影。其實，在我所有奔逃的惡夢中，我是從來沒有眞正看到過敵人的。

在臺灣定居以後，我最早的記憶是夜晚常常有突如其來的空襲警報，有的是演習，有的據說是眞的有狀況。原來在街邊院中乘涼聊天的大人們，趕緊回房去，捻熄了燈，或者把特別爲空襲縫製的燈罩放下來。

黑暗中有強烈的探照燈四處梭巡，和警報斷續的聲音混合在一起。孩子們忐忑地依靠在大人身邊，偷窺著探照燈轉過時那忽然顯現的瓦房，樹木，以及大人們照舊聊天的若無其事的表情。

空襲警報像心臟的脈動一樣，從突然緊張的斷續到持續綳緊的高音，到逐漸弛緩，回復到一切無事的平靜。

我始終沒有看到敵人。卻一直在生死的威脅中活著。

因爲空襲的防備，因此，每一家都必須挖掘防空洞。防空洞由政府配給鋼筋水泥的圓形掩體，上面覆土，種植各種植物。

沒有敵機來襲的情況漸漸久了，防空洞上的芙蓉花一年四季開開謝謝。防空洞裡又變成了豢養雞鴨的圈舍。偶然還有一兩次空襲演習，警報聲依舊從緊張的斷續到逐漸弛緩，我和母親撥開開到繁盛一片的芙蓉花，到防空洞內尋找雞鴨私自藏匿的蛋。

戰爭好像被一種定居下來的生活的秩序驅走了。

母親一邊摘防空洞上的野菜，一邊告訴我，當初王寶釧苦守寒窯十八年，就是靠吃野菜活下來的。

野菜開紅黃色小花，蔓延得很快。母親摘下後曬乾，用水洗淨，再燙過一次，加醋加醬油辣椒即可吃食了。

野菜並不見得好吃。可是母親口中的武家坡的故事使我著迷。從相府千金落難到寒窯中吃野菜，王寶釧的十八年是人活著尚有做人的本分。

母親說她曾經在小時候去過武家坡。仍然看到王寶釧當年住的寒窯，寒窯上也仍然插著她挑野菜用的鐵鏟。鐵鏟看來隨意插在土裡，上前搖一搖，卻如鑄在土裡一樣，怎麼也搖動它不得。

母親口中的故事眞眞假假，我後來長大，逼問她是否眞的搖動過那鐵鏟，是否那鐵鏟眞的一動也不動；她還是毫不猶豫，一口咬定那鐵鏟當眞一動也不動。

「我還進窯門內去看了一看，牆上掛著王寶釧的畫相，哎呀，吃野菜吃得肚皮都是綠的。」

母親口中的故事伴隨著我度過了物質匱乏的五〇年代。她的故事也從不容反駁追究。她的荒謬似乎反而是因爲那麼堅定地相信著生活中有一種道理，做人有做人的本分，就像王寶釧的鐵鏟一樣，一動也動它不得。

五〇年代到六〇年代，大家都說那時的臺灣眞是窮。但是，也許因爲母親罷，我感覺著一種富裕。富裕是因爲生活中有期待，有信仰，有還可以活得更好的努力與上進，有人之所以爲人的不可動搖的自信與尊嚴。

當然，生活眞是艱苦。劈柴生火，煙嗆得淚水直流，兄弟間也從打鬧玩耍中逐漸學會了把爐子生得旺盛而無煙。

後來賣炭的街角老頭改做煤球了，一落一落有圓孔的煤球堆放在屋簷下。我從學校回來，吃完飯，最重要的工作就是換煤球。用一把鐵箝插進圓孔中，把已經燒完卻還火紅的煤球箝起。因爲煤質很鬆，所以生怕夾碎了，總是戰戰兢兢，好像在教堂中做莊嚴的儀式，把用完的煤球護送到門外，用來塡平下雨時會積水的坑窪處。

做煤球的街角老頭因爲各家換裝了瓦斯而消失了。

換裝瓦斯的頭幾年，大家都很興奮，也沒有人注意到街角老頭的消失。有一天母親忽然提起：「那時候煤球錢總要賒欠他十天半個月。」我才覺得他眞的是消失了。在一個繁榮起來的城市，在大家急忙賺取物質的時代，他在街角簡陋的瓦房也已改建成高大的玻璃帷幕的大樓了。

家境好轉之後，我終於在大學畢業後要求家裡讓我修習自己喜歡的藝術史。有幾次帶母親到故宮博物院去參觀。她聽我一一介紹畫畫，也很驚訝兒子的好學罷。走到展示瓷器的一間，看到清代乾隆年間的一批鬥彩的瓷碗，她忽然安靜了一下，隨後又笑了起來，她跟我說：「這些碗，以前家裡一櫃一櫃的，你外婆發脾氣的時候就拿幾個來摔在地上。」

母親是外婆的獨女，談到外婆，她總有些黯然。外婆在西安過世的消息傳來，並不拜神的母親在華嚴蓮社做了一堂佛事，不眠不休的摺紙錢，匍匐在佛殿上嚎啕大哭，我只聽到她自責的「不孝」二字。

母親從繁華到赤貧，她對我學的藝術有一種不屑。我從艱困的童年到今日臺灣如此繁華極盛，也有悵然若失之感。看到更年輕一代沾沾自喜於臺灣的富有，總覺得使人捏一把冷汗。戰爭使人經歷毀滅，思考毀滅，也對自己現在的繁華覺得只是無常。

但是無常之中，還有王寶釧十八年挑野菜的鐵鏟，母親永遠相信它一動也不動地端端立在寒窯之上。

我相信自己身在南朝，一切繁華其實都如浮沫。但是終究是母親口中的故事使我相信南朝也自有一種端正，在寒窯之上，四十年來，一動也動它不得。

——原載一九九〇年九月六日《中國時報》人間副刊

夕陽無語
——敬悼臺靜農先生

一九七〇年代以前，我對臺靜農先生是十分陌生的。那時臺灣的文藝在政治箝制下，三〇年代大部分的作品都被列爲禁書。在偶然機會中借閱到魯迅的《吶喊》、《徬徨》，我就手抄了其中幾個短篇。以後又讀到老舍的《駱駝祥子》以及《純文學雜誌》選載的沈從文的《邊城》；當時所知道的三〇年代文學大概也就僅止於此了。

一九七二年我赴歐洲讀書，開始有大量機會在巴黎的圖書館借閱中國近代的文學作品。甚至以文學爲基礎改編的四〇年代的電影如老舍的《我這一輩子》也都在電影圖書館看到了。

以後，我完整地看《魯迅全集》，就在他的雜文、札記、書信中陸續讀到「臺靜農」這三個字。

魯迅集子中看到的臺靜農，是一個才華極高的文學青年，創作了一些不同於流俗的落實在現實生活中的小說，有著來自泥土的樸拙及對低卑生命的關懷。魯迅集子中的這個文學青年又似乎不只是關心文學，他滿腔熱血，和志同道合的朋友組成「未名社」，參與《莽原》雜誌的編務，譯介外國文學，從事創作，並且，因爲理想的堅持，在那政治迫害的年代，數度被誣下獄。

一九七六年我回到臺灣，不多久，臺靜農先生早期的小說在臺灣重新刊印出版了。事隔半世紀，臺靜農先生與他的同代人所努力建立的文學理想與人的生存尊嚴，再一次在臺灣釀成運動。七〇年代後期，隨併著靜農先生小說集的出版，臺灣一群思考文學與社會關係的作家自發地匯成一種反省的力量。廣義的「鄉土文學運動」從現代詩的檢討與反省開始，陸續擴及到不同領域的藝術。「鄉土文學運動」從自發的文化反省演變到悲劇的政治事件，從文學本身而言，似乎流失了大批優秀的作家，從社會催化的角度來看，卻容納了更多在各個層面強大的助力。

然而，文學在社會中究竟扮演了什麼角色呢？

重讀靜農先生的小說，看到他早年那麼銳利的文學創作卻在盛年突然中斷，一個狂熱追求文學理想，數度因爲文學刊物而出入牢獄的青年，他的創作戛然而止，究竟透露著什麼樣沉痛的訊息呢？

我閱讀著靜農先生重新出版的半世紀前的舊作，遇到剛剛從高雄政治選舉中回來的朋友，他激切地告訴我群眾的力量，以及社會轉型時知識分子的取決與定位。這位曾經以極動人的筆觸細細刻劃了他的家鄉的作家，這位藉由文學作品第一次呼籲了家鄉居民低卑的生存處境的作家，他激切的、結論式地說：「文學眞是沒有用！」

是的，臺靜農先生在盛壯的年齡戛然中斷的文學生命，半世紀以後，重複發生在另一群優秀的臺灣文學青年身上。

文學究竟扮演著什麼角色呢？我仍然深深困惑著。

我在大學裡兼課，課餘和好友慶黎、萬國一同到蘭陽平原和基隆河河谷的幾個礦場去做田野調查。猴硐、貢寮、瑞芳，煤礦區的生產不復往昔盛況。白天我們和礦工閒聊，夜晚在小小的旅舍討論一日的觀察，也爭辯對觀察所得的分析。

文學與社會的互動我仍然在懂與不懂之間。但是願意聽到誠懇激動的言語，願意看到年輕閃爍著天眞理想光彩的面容，如同靜農先生在〈建塔者〉中描述的青年。有人在礦工窘困的生活前落淚，有人在礦工窘困的生活前大聲疾呼，有人在礦工窘困的生活前特別安靜深沉。此後二十年，大約便是繼續看著這些落淚的、疾呼的、安靜深沉的如何使他們的落淚、疾呼和安靜變成一種工作——持續不斷的、爲之生爲之死的工作。

這些瑣細的近二十年前的瑣事常常糾纏著當時耽讀的靜農先生小說中的人物，揮之不去。

然而我尚未見過臺先生，只知道他在臺大。

一天偶然經過一家裱褙店，看到櫥窗中懸掛著一幅對聯，字體盤曲扭結，彷彿受到極大阻壓的線條，努力反抗這阻壓而向四邊反彈出一種驚人的張力。筆劃如刀，銳利地切割過茫然虛無的一片空白。我一下子想到李白〈行路難〉中我甚愛的一個句子：「拔劍四顧心茫然。」

生命的困頓、沮鬱、挫折，理想幻滅後的自苦，像虛空曠野中狼的嗥叫，淒厲尖銳，卻又連回音也沒有。

燕子來時，更能消幾番風雨。
夕陽無語，最可惜一片江山。

這是我第一次被靜農先生的書法震動了。也是第一次如此清楚的感覺到中國書法成爲一種美學的理由。經歷數千年，這一迭經困頓的民族，不是不斷在書法中寄託著生命的悲苦與喜悅嗎？文學、戲劇、繪畫似乎都更具體有形，在政治禁抑的年代，倒是解脫了一切形似的書法在點捺撇畫中全部展露了中國士人的憤怒、不屑、悲哀與傷痛罷。蘇東坡四十六歲「烏臺詩獄」後流放黃州的〈寒食帖〉成爲蘇書第一，不過也只是東坡死而後生的另一種生命的堅持吧。

書法是隱晦，書法又是銳利的批判，做爲一種美學，它常常在政治的禁無可禁的年代，卻自在點捺撇畫中留著生命的墨淚斑駁與如刀的劍戟鋒芒。

以後《雄獅美術》整理在臺灣的前輩書畫家，我就推薦了臺靜農先生，並且蒐集了他所寫的有關書品畫論一類的論述文字。臺先生的論文並不多，但少數的幾篇大大改變了我過去對臺灣「學術論文」的偏見。臺先生論文絕不只在引證上堆砌賣弄，相反地，他的論文總是糾結著生命的理想，使人覺得是在理解一個古史資料，卻又彷彿就在讀著現代。〈由唐入宋的關鍵人物——楊凝式〉一篇便是極好的一例。從史的角度，這篇書法史的論文抓住了唐代美學過渡到宋朝四大家的關鍵，而且，楊凝式在五代亂世之中，個人的生命藉由書法完成，臺先生在行文中有一種痛入心髓的體會。臺先生藉中國神話中的人物「哪吒」的故事來寓意藝術生命的自我完成與自我超越，因爲「哪吒」在叛逆一切之後必要「割肉還父，剔骨還母」才有此後蓮花化身的復活的哪吒眞身。

讀完這篇論述，我很想去拜望這位前輩了。

《雄獅美術》上討論臺先生書法的一篇文章發表後，我接了東海美術系的工作，一時忙起來，沒有機會去看臺先生。不多久卻在臺中接到臺先生寄贈的書法；一件中堂，寫的是〈石門頌〉，一幅集宋人詞的對聯：

鴻雁在雲魚在水，
青梅如豆雨如絲。

我匆匆回臺北謝他，才第一次走進臺先生在溫州街十八巷宿舍的簡樸書房。臺先生的相貌倒是與他的書法不同。他有一種寬坦平和的大氣，待人特別從容自在，行書中頓挫奇屈的剛硬在生活中是看不見的。

此後我從臺中北返，大都要到溫州街十八巷臺先生的書房坐一坐。他的書房很小，寫字兼讀書的一張書桌也只是一張普通的辦公桌。我問他這樣的書桌如何寫大字，他自嘲的說，也曾經用活動栓鍵加了一塊板，原以爲撐開後面積較大，方便寫字，結果並不好用，因此還是襲用老法，寫一個字拖一下。

有一次他寫了一張十二公尺全張的中堂，十分高興，便喚我去看。把整幅字拉開，房間容納不下，便拉開了日式紙門，一直展放到臥房去了。

有幾位朋友隨我去過臺先生住處，在他簡陋樸素的書房坐過，都驚訝於他在四十餘年中如此讀書、寫字，做研究，大家都不敢再隨便抱怨自己書房不夠大云云了。

徐國士兄爲臺先生栽了兩缸荷花，放在院中，有一段時間長得不好。我和幾個朋友每年三月間就去幫忙下肥，用舊報紙包了雞肥塞在荷缸內的泥濘處。臺先生怕麻煩別人替他做事，看著我們一手污泥，總是忙著端水拿毛巾。今年二月，我從貴州回來，知道臺先生搬了家，又患了病，便去看他，也順便帶了雞肥。下肥的事弄妥當，我在院中洗了手，上屋去看他，他已十分憔悴疲倦，身上穿了孔，帶著管子，很不舒服，但仍招呼我坐，先感歎的說：「不能再喝酒了」，接著謝我照顧荷花，若有所思的冒出一句：「也好，再看一次荷花罷。」

臺先生對生死看得很淡。數年前，臺師母在臺大醫院去世，臺老師在電話中告訴我細節，遺體隨即在醫院火化，親友奠儀只收外函，現金全數奉還。臺先生在電話中細談師母病情及臨終過程，語調平靜，他似乎知道我關心，又不要我特別回臺北看他，因此把事件說得特別平靜仔細，情感至深，到了生死大限，彷彿也只能如此。

臺先生在待人上的從容自在形成了一種美學，使我近幾年在工作疲倦煩厭之時，特別想去他的書房坐一坐。他招呼我喝酒、看字畫，談一些近代人物光風霽月的事。他從不談他的困頓挫折，我也立刻覺得個人的疲倦煩厭不能流爲自傷自憐。

有時候在他的書房，恰巧人多，我便退到角落，細看臺老師與客人的對談。

有人說臺灣光復後，臺先生爲了避政治之災而舉家遷臺，也有人說他是爲了貢獻教育於剛脫離日本殖民的偏遠之地，臺先生聽了哈哈大笑，他回答說：實在是因爲家眷太多，北方天氣冷，光是一人一件過冬的棉衣就開銷不起，臺灣天氣暖和，這一項花費就省了。

又有人說五〇年代初期臺先生家門口總是有一輛吉甫車，是否在監視他，他聽了又哈哈大笑，搖著頭說：「不，不，我對門住的是彭明敏。」聽者也哈哈大笑。

臺先生與客人的對答常常使我忽然覺得是在讀《世說新語》，南朝沮鬱的年代，人與人的率性率情似乎也只是這樣短簡有一句沒一句的機鋒，各人有各人的了悟罷。

歷史上許多眞相往往隱晦不彰。一個年屆九十的近代人物，他身上的歷史眞相也許對許多人都是一個期待去探索的礦藏罷。然而，除了近代人物的光風霽月，臺先生又從不願多談往事。他青年時代出入牢獄的事，我無一次問到，他也從來沒有提起。在政治上受迫害的生命，往往終生帶著政治的畸型活著。我痛惡政治對人的傷害，但是看到政治受害者一生曲扭的活著，也有一種心痛。臺先生是極少數從政治的迫害中活出了自己的坦蕩大度的一人，他在政治之外另有嚮往，他似乎也知道，被政治傷害的生命應當在更大的時空中被撫平，而不是永遠活在人與人的猜疑、仇恨與鬥爭之中，不是爲了反對政治的迫害而結果走到了迫害人性的悲慘之途罷。

對許多人而言，臺先生也許應當留下更多早年政治迫害的資料罷，然而，臺先生把歷史的眞相升高成爲一種生命的美學。生命而沒有了光風霽月的嚮往，生命而沒有了美與幸福的期待，一切的鬥爭就將扭曲變形成可怕的自我傷害與對他人的傷害。臺先生的重要不僅是前半生對外的鬥爭，也更是後半生內在的完成，臺先生的作品價值也絕不止於早期的文學，而更是後期書法美學的完成。

然而，臺先生對卑鄙的政治誣陷自然是痛惡到了極點。一次在晚餐席間，有人提及文化界一位擅長以政治誣陷栽贓他人的事例，臺老師露出少有的不悅表情說：「他也做這樣的事！」

臺先生無論閒談或下筆論介人物很少有偏激刻薄的言語，何況談的對象是晚輩，然而這是我看到他對人的最深重的一次不屑與厭棄。

一九八九年底，知道臺老師一住四十餘年的宿舍要被收回改建，心中就有些擔心，畢竟是上了年紀的人，突然改換熟悉的環境也許是難以適應的罷。果然，年初搬家不久他就病倒了。病中他也總是撐持著與朋友寒暄，但是受病苦折磨，治療的方式又頗使人狼狽，使一向灑脫自在的臺先生感覺著尷尬罷。

最後幾次去新搬的家看他，他已在斷續的昏迷中，家人告訴我他常常昏睡著不願醒來，必須不時把他叫醒。他的長子益堅兄一次引我到臥房，囑我叫醒他。臺老師從懵懂中醒來，認出是我，握我的手，忽然感慨的說：「以前有四句詩，現在終於懂了。」他因食道癌惡化，發聲很不容易，咿咿哦哦唸了四句詩，我只聽出是七言的，卻一個字也聽不懂。若是平日，我想一定會央他把這詩再說一遍，然而看他那麼費力發聲，要讓我聽懂，我也只有不斷點頭，似乎完全懂了，完全懂了，只希望他不要再那麼費力，那麼嘔心瀝血的把生命的傷痛與領悟說給我聽。

臺先生留給我最後的話語竟是我永遠也解不開的四句詩，我應當追問，卻沒有追問，知道他已盡了全力了。

走在嘈雜混亂的街市中，很想繞到溫州街十八巷他的舊書房再坐一坐。看院中陽光斜照在他簡陋樸素的書桌一角，看他寬坦平和的神情，聽他口中敘述的光風霽月的人物，沒有特別的憤怒，也沒有特別的憂傷，歷史戰亂過後，還要有對生命圓滿的期望，南朝的困頓沮鬱中，也要有一部《世說新語》記錄著光風霽月的品貌人物罷。然而，溫州街十八巷的舊居已夷為一片平地，只剩下一些殘瓦碎磚了！

——原載一九九〇年十一月二十四日《中國時報》人間副刊

輯六

人與地

在一個巨大的不斷替換外形的生命輪迴中，
原來自己是牛馬，是豬狗，
頃刻還要輪轉成地上的螞蟻、飛蚊、蚯蚓或水蛭。
可以用什麼方法認識自己內在的卑微呢？
可以謙遜到認識自己所有如此短暫。
不只是財富、權力、愛與恨，也是這會悲會喜的身體，
這滿是愛慾與憂傷的皮肉與骨骸啊！

靜浦婦人

彷彿有一個地名叫靜浦的小鎮。

那些年我常常在島嶼上旅行，也常常選擇往東部海隅去的那條路。

如果沒有記錯，靜浦就是在那條從花蓮通往臺東的客運車中途的一站。

我下車以後，只看到一條簡陋的街，一兩間兼賣各種雜貨以及理髮的店鋪，用紅色油漆寫著「靜浦百貨」。

我並沒有特別旅行的目的和計畫。大部分時間從一個市鎮到另一個市鎮，在街邊食攤上與無事的鎮民閒坐。他們有些好奇我外地人的口音和裝束吧，但是一樣遞菸寒暄，談起生活種種，告別時也照例祝福平安順利。

我從車站對面一道水灣石岸一直走到海邊去。

東部海邊大多是嶙峋的岩石。粗粗劈出一些獷悍的形狀，沒有太多姿態的修飾，非常磅礴大氣。

海洋的澎湃與岩石的雄峻使我有一點激動，但是夕陽如死，夏日最後慘烈的血紅使我刹那靜坐，覺得面前種種只是幻相，而一切顛倒夢想倒眞是華麗燦爛。

我忽然想起「靜浦」這個地名的含義。

從逐漸入夜的海邊走回市鎮。上漲的海潮在凹入的海灣裡形成幽靜的一片迴流。潮湧的澎湃激烈被一層一層環繞的礁石海灣緩和，進入市鎮的那一泓靜靜的淺水就特別澄明柔婉。不像海，有點像湖水的靜定了。最初在這裡定居的人不知道是不是也發現了海浪在此地歇止，在潮汐迴環的靜靜的港灣搭屋居住，取名叫了「靜浦」。

但是此地畢竟不能有繁榮的發展，中央山脈東向陡峻到海，在海邊向上望就是筆直山峰，沒有土壤的餘地，可以耕種開發的腹地也非常小。

我在鎭上唯一的一間元成旅舍歇息下來，坐在旅店門口與老闆娘閒聊時，她就率直的表示對這樣一種「沒有發展的市鎭」極度的厭倦與無奈。

老闆娘大約三十幾歲，有著明顯的當地土著的五官輪廓。皮膚黝黑，深邃明亮的美麗的雙眼。然而她抹了太多的白粉，劣質化妝粉成顆粒不均勻的浮現在黑褐色的皮膚表層。她也似乎比實際的年齡更多了一些粗糙的皺紋。

她的旅館只有四個房間，是一幢窄小的瓦頂民房改裝的。簡陋的用夾板把原來不到三十坪的空間粗粗隔成四間，每一間擺置一張雙人大床，堆著一堆不太潔淨的土花布被面的枕頭被子。我問她這小鎮經常有過路住宿的旅客嗎？她搖搖頭，唉歎地說：「多年來也難得有一個過路人啊！」

但是，如此這旅店如何經營呢？

我心裡納悶著。婦人已進屋沐浴去了。

夜晚時，婦人穿了紅綠花的洋裝。在袒胸的領口頸部搽了許多痱子粉。她端了圓凳坐在旅店門口，即刻就遠遠走來了一些兵士，和她攀談嬉笑起來了。

盛夏酷熱的暑氣到入夜以後都沒有消散。我在海邊坐到深夜，回到旅店時，看到門口圓凳孤獨的空著。

那一夜沒有睡好。薄薄的夾板隔壁有著男女交媾洶洶的震動。年輕的海防駐守的士兵操著南部土俗的語言，他的慾情中彷彿有嬰兒索乳的狂暴與哀傷。而靜浦的婦人那特有的土著的語音則使我想起她塗滿了痱子粉的寬厚的胸脯，彷彿港灣，可以迴環緩和著洶湧激動的浪潮。

這是二十年前的故事，然而我常無端想起靜浦婦人。

——一九九五年十月・選自東潤版《人與地》

（本輯作品均選自《人與地》）

蘭亭與洗衣婦人

西安一帶是歷史悠久的地方，因此到處都是古蹟。三、五百年的古蹟都不算一回事，隨處一所古蹟，一上溯，都可以遠到漢唐。

古蹟太多了，當地居民似乎也有一點麻木。

「是啊，古蹟太多了。」

一個省屬的教育專員喝了辣烈的西鳳酒，紅方的臉龐有一種唐代俠士的大氣。他說：隨處挖一挖就碰到了古蹟，眞是麻煩。

「麻煩？」我不懂他的意思。

「是啊！一挖到古蹟，立刻得呈報文化單位，工程就要停止。」

再喝多了酒，他就在酒樓上放低了聲音，告訴我某某學院，師生自力修建運動場，一挖就挖到了古蹟，進去一看，有巨大的碑碣，是一座唐代大將軍的墓。大夥一商量，如果呈報文化單位，運動場就要報銷，於是，一不做二不休，連夜就填土掩埋，石碑也砸了，一座唐代古蹟就此消失了。

我搖頭惋惜。

他哈哈大笑。斟滿了西鳳酒，連連催促：「喝酒！喝酒！」好像我對歷史的惋惜也只是一種忸怩小氣。

在西安多待幾天，其實也就懂了這位專員的豪邁大氣的基礎。

看慣了歷史興亡的族群，有時候對興亡自然有一種冷漠。那冷漠是可以把創造與破壞，把繁華與劫毀看成平等罷。

在西安老街上走走，看到老式房子不免還是有一種流連。有時走去看一看雕花的窗櫺，有時看一看門前雕飾精細的石鼓。老房子大多有很高的門檻，也許現代化以後，許多家都有了摩托車罷，可能進出門檻很不方便，我就發現好幾家的門檻兩邊都斜跨了石板，可以推摩托車進出。石板很厚，我走近細看，是打斷的殘碑，上面雕刻的書體斑斕秀美，也有細緻的花紋裝飾。

我在細看，屋裡響起摩托車轟轟發動引擎的聲音。我趕快裝作無事走開，摩托車碾過石板，轟轟揚長而去。

老莊講「無」，釋教講「空」，似乎都不如在劫毀中最後對興亡都無動於衷的冷漠更是現實的領悟。

傳說王羲之在南朝的春天喝醉了酒，信筆爲文，流傳成爲有名的〈蘭亭〉。蘭亭到了唐代，由於太宗的賞愛，成爲稀世珍寶。據說蘭亭遺命陪葬昭陵，人世間不具眞迹；連唐宋的摹本，石刻拓本都成爲文人收藏的珍貴對象。一位一生尋找蘭亭的文人，一日走到定武州，在河邊看婦人在石板上搓洗衣褲，文人看到石板殘留文字，走近細看赫然是最好的蘭亭石刻，不知何時戰亂劫毀，流落成爲村婦洗衣的石板。

這是有名的定武本蘭亭的民間傳說，不知是眞是假。但是在關陝一帶走走，似乎對這種傳說另有一種領悟。帝王文人的稀世珍寶竟也可以只是河邊浣洗衣物的婦人實用的石板。

只有在這樣興亡交替，人對興亡都已經痲木的地方，可以有文人對古物的懷舊惋惜，也可以有民間婦人對古物的不屑罷。

那一天，我從西安的南大街一路走過母親的故宅，宅邸早已夷平，蓋了幾百戶公寓，我就在路邊攤上與不相識的人攀談喝酒起來了。

花的島嶼

旅行中，有些地方使人緊張，有些地方使人放鬆。有些地方使人認眞，有些地方使人悠閒。有些地方使人努力學習，有些地方卻使人開始遺忘。

到印尼的巴里島，原來是有些計畫的，想聽一聽傳聞已久的甘美朗的音樂，想看一看舞劇；巴里島細密的繪畫和在椰殼上的精工雕刻當然也在「想看」之列。

但是，在烏布村住下來，到處都是花，花在氤氳著熱氣的空中靜靜飄下，停在如茵的綠草上。有時候雨連綿不斷地下，落在大張的荷葉上，滴滴嘟嘟，聲音也很像甘美朗音樂的小磬小鑼小鼓，一路叮叮咚咚，彷彿無止無盡的島嶼熱帶叢林的雨季。

我看花看呆了，就忘了最初爲什麼來到巴里島。

花在空中，花在草地上，飄揚的花，靜止的花；它們只是存在，不對自己做任何解釋。

有婦人走到草地上，把落花撿起來，簪在髮上；有男子經過，拾起落花，夾在耳朵上，或用花取悅女子，彼此丟擲嬉笑。村民也常剝新綠的香蕉葉，用刀剖成長條，編成手掌大的籃子，把花一一盛在籃中，拿到神殿中去供在佛前。

跳舞和演戲的男女，一身都是鮮花。用竹籤把花串成項圈，圍在胸前。

一個被花簇擁著的島嶼，花是愛，花是祝福，花是喜悅，花也是靜靜的哀愁。

我在村中路上無目的地走。一個兜售手工藝品的小販一路跟著。他向我展示一件木雕，我搖搖頭。他又從布袋中再拿出一件，我又搖搖頭。走著走著，他忽然停住了。我回頭看他，他又從布袋中拿一件木雕向我搖一搖，但不再跟上來了。我才發現，我已走進兩座高聳的石雕神像，已進入神殿範圍。我嘗試再走兩步，回頭看這小販，他依然和藹地搖一搖手上的木雕，但絕不踏進神殿一步。

所謂神殿只是兩座神像象徵性地構成的一個範圍罷，但對這小販，卻是不能隨意褻瀆侵犯的信仰的國度，他雖有急切的謀利的目的，但卻不踐踏這信仰。

旅行歸來，我的桌上常常擺著那尊看起來並不好看的木雕，使我記起遠處島嶼上一個小販未曾丟棄的對信仰的敬重。

也許因爲那麼多花的祝福罷，島上的村民可以不通過知識，卻輕易擁有了智慧，可以甚少慾望，卻擁有富足的信仰。

佛在恆河

在霧中登船，其實是什麼都看不見的。

但是，我仍知道在恆河上行舟。

連船頭的船夫也在霧中。我藉著一點水聲分辨，知道的確是大河流淌，並非行於虛空。

瓦拉納西，他們說，這是佛初轉法輪的地方。

還有菩提樹，還有菩提樹下修行的僧侶，但是，很難想像——很難想像在樹下靜坐的悉達多太子，究竟領悟了什麼。形銷骨立，但是微笑著從樹下站起，向眾生說法了。

弟子們記錄著：如是我聞——

如是我聞，我在瓦拉納西的城中，看到如糞土垃圾的眾生，擁擠著，依靠著，在污穢髒臭的街角，用泥土塗抹在自己身上。

他們和牛，和一些其他畜類擠成一堆。

人如何堅持卑微謙遜到視自己如一般的畜類？

牛馬的卑微，不，蟲豕的卑微。

我們役使牛馬，牛馬也許有稍許的不馴，便遭棒打鞭擊和唾罵侮辱。

我們對蟲的唾罵侮辱卻並不明顯。因爲它們卑微到我們甚至意識不到它們的存在？

人，也可以這麼卑微嗎？

在一個巨大的不斷替換外形的生命輪迴中，原來自己是牛馬，是豬狗，頃刻還要輪轉成地上的螞蟻、飛蚊、蚯蚓或水蛭。

可以用什麼方法認識自己內在的卑微呢？

可以謙遜到認識自己所有如此短暫。

不只是財富、權力、愛與恨，也是這會悲會喜的身體，這滿是愛慾與憂傷的皮肉與骨骸啊！

因此，在泥濘中和畜生依靠著，挨擠著，用泥污塗滿身體。

導遊和我說：「你上前去吐唾他們，他們也不會在意。」

我何曾眞正理解：修行的內在竟是如此承當苦難與侮辱。

那麼，從菩提樹下走出的修行者，竟不是我審美中光華燦爛的覺者嗎？

霧在曉日初升中漸漸散去了。

我看到船舷兩邊有貓狗的屍體漂浮著。在水中泡爛，腹部鼓脹，很難堪的死相。發著臭味，隨波逐流。

我看到在岸邊燒剩的人的屍體，連同熄滅的柴架一起推入河中，焦黑的頭骨、斷肢便在船邊隨浪起浮旋盪。

船中一名女客臉色發白，頻頻嘔吐起來。

船夫仍無事般把船划向大河中流。

其實在眾生死屍中，的確有不知何處漂來的蓮花，淡紫、粉紅和屍身一同浩蕩流去。

霧散清明之後，河岸兩邊有人群滃集而來，洗身沐浴，用河水漱口解渴，把隔夜屍床陸續推入河中，也抱著新生嬰兒在河中洗禮，把啼哭嬰兒高舉給高高的朝陽來祝福。

我合十敬拜，彷彿初次聽佛說法了。

阿西西的芳濟(一)

阿西西城（Assisi）從羅馬往北，在朝向佛羅倫斯的中途。在車中懵懂醒來，乾燥的暑氣中有一種橄欖樹林密密的香氣。我從車窗望出去，果然是一片橄欖樹林，蔥綠色向四面伸展的枝葉，在幾乎靜止的風中輕輕上下顫動。

「阿西西！」有人這樣說。

我看到大約四、五百尺高的一帶岩石丘陵起伏在橄欖樹林田野的盡頭。這應當就是有名的蘇巴西奧山了（Mt. Subasio）。在艷藍的天空下，蘇巴西奧山和整個以岩石砌成的阿西西城看起來都有一種淡淡的粉紅色。好像是正在流逝的夕陽的光，幻滅而且短暫。但是，後期哥德式嚴峻的建築形式又極穩定，努力結構出信仰的莊嚴。

「所以，生命的短暫幻滅中是可以保有永恆莊嚴的信仰的嗎？」在一步一步走上阿西西城的石間小路時，我這樣無端玄想了起來。

其實，大部分走上阿西西城的人都是爲了來探望聖芳濟的故鄉；來走一走他走過的石板小路，來重新想一想生命短暫幻滅中莊嚴信仰的題旨。

那個後來被冠上了「聖」名的芳濟（Francis），原來只是阿西西城一名經營綢緞莊致富的商人之子。他也曾經吃喝淫樂，過城中青年人習以爲常的放逸散漫的生活。偶爾有中世紀苦修的僧侶路過阿西西城，因爲禁慾飢餓倒在芳濟家的門口。富商之子芳濟從狂歡的晚宴中走出，垂顧躺在門口奄奄一息衣衫襤褸的僧侶。他不明白人何以會貧窮受苦至此，便囑咐僕人給僧侶食物和衣服，給他可以休棲安眠的地方。

那也許是年輕的芳濟在自己的幸福、富有、安逸中第一次省視苦難、貧窮與禁慾的力量罷。

但是，他一定是非常健忘的。他即刻回到了燈火輝煌的中庭，在那裡有他眷愛的女子，有他親密的夥伴，有豐盛的食物，有熾熱的火光，有使人暈陶的美酒，有華麗的珠寶和絲綢，有燦爛而激情的青春的愛恨。

後來發生了戰爭，芳濟在軍中一段時間，看到屠殺，看到姦淫，看到搶掠，看到殘斷肢體的兵士慘苦的呼叫。

芳濟變了。從戰爭中回來的芳濟常常一人走到蘇巴西奧山的孤獨之處沉思。他忽然記起多年以前那撲倒在地上的苦行僧侶，他忽然記起那瘦削堅毅的面容，在告別時在他額上的親吻，並且說：「願你心靈富足。」

「心靈富足？我心靈不富足嗎？」芳濟苦思不解，他環視自己一身華美的衣物，絲綢、珠寶鑲的劍飾、銀製的鞋釦。而後，是那撲倒在地的苦行僧堅毅的面容：「願你心靈富足。」

據說，從山上下來的芳濟，在阿西西的廣場把衣服脫得精光，赤身露體，開始說起基督〈福音書〉的句子：「貧窮的人有福了……」

這是阿西西的廣場，只是攀往更高的聖芳濟教堂的起點而已，在這裡，芳濟把所有的衣物還給了父親，孤獨走向了他苦修的道路。

阿西西的芳濟㈡

阿西西是一個山城。山路攀爬在不同高度的丘陵稜線上。一步一步走上去的旅客，往往因爲氣急，很快就覺得累了，喘吁吁地坐在山路旁石砌的短牆邊休息。休息的時候可以看到遠近四處翁布里亞省（Umbria）的平疇原野。蘇巴西奧山的高度恰恰好是一個適宜於沉思的高度，太高的山使人覺得險峻，直上插雲的峰頂，也就看不見人間了。但是丘陵的高度正可以俯看人世。原來自己身處的塵世，一一皆在腳下。有了一點距離，可以思考反省，可以指點來歷，也可以豁然開朗。

據說，最早走向信仰的芳濟，並沒有建立教派的意圖。他只是喜好一人沉思，孤獨地在蘇巴西奧山的隱僻處所冥想生命的道理。原來和他一起嬉戲遊樂的青年夥伴，也有人好奇於他的孤獨，好奇於他在山林間的沉思冥想，逐漸聚集在他四周，和他一起俯看燈火輝煌的阿西西城的繁華若夢，彼此會心一笑。

芳濟在城中廣場脫光衣服，把一切還給父親時，震驚了許多平日和他一同嬉樂的富家子弟。而如今，他與這些夥伴出走在山林曠野中，他們擁抱麋鹿，他們低聲向野地裡的百合花說話，他們仰望天空飛鳥的喜悅，他們俯身吮飲泉水的清冽甘芳。

阿西西的芳濟變成了中世紀後期最大的教派，他信仰簡單、樸素，他信仰善良、單純，他相信物質的放棄便是心靈富足的起點。

他在信仰的初期只是重新在蘇巴西奧山的自然中沉思阿西西城的意義。他盼望使自己回復成一朵花，一隻空中的鳥，一冽清泉無所執著的流去四處。

但是阿西西城的芳濟變成了「聖芳濟」。從四處來的信徒渴望從他口中聽到隻字片語。從生活的貧窮、痛苦、絕望中來的信仰者，渴望在他身上看到神蹟，渴望依靠一兩滴神蹟般的雨露便治癒了他們心靈的貧窮、痛苦與絕望。

聖芳濟變成了最大的教派。要有人管理組織，分配數以千萬計的人食宿的問題。各處捐獻的款項必須用在最不被人詬病的地方。

聖芳濟越來越常到蘇巴西奧山的最高頂峰去了。一個人在那裡數日禁食，不言不語，只飲清泉之水。山下群眾越聚越多，他們要求神蹟，要求教派訂定精確的宗旨，要求有管理的戒律，要求對教派叛逆的徒眾施以酷刑。

神蹟終於發生了。在一個雷雨交加的夜晚過後，在山上獨處的聖芳濟被發現暈死在一片岩石的高臺上。他的雙手雙腳都有釘痕，骨肉碎裂，鮮血淋漓，他的肋下，也和耶穌受難時完全一樣，有長矛戳刺的傷口。他在孤獨沉思生命之道時，耶穌把身上所受的五處傷痕顯聖在他身上。西方的畫家都愛畫這個題材，叫做「聖痕顯現」。

但是，走下阿西西城，遇見一位和善的修士，他和我談起聖芳濟對七〇年代歐美反戰及反體制的嬉皮運動的影響，走過一片玫瑰花叢，他忽然說：「你知道，聖芳濟在初修道時，不堪慾望之苦，夜晚脫光衣服在玫瑰花中滾翻了，以花刺制慾。這片玫瑰，因此以後都是沒有刺的了。」

天籟唱讚

達邦是我常常去的地方。早些年還需要辦甲種入山證，現在則更方便了。從嘉義車站搭客運車，往阿里山的方向，上山不多久在一個叫石棹的地方右轉即可直達達邦。

有幾次和學生同去，參加在特富野和達邦的鄒族祭典，我們在石棹下車，一路走進山去，春天盛放的山櫻沿路開滿，我們就在花樹下用餐和小憩。達邦在眾山環抱的一片山間平臺上，居民不多，四處散置的房舍自然圍成村落中央一片平曠的廣場。

從村落後方可以下到溪谷，雨水多的季節，溪谷有急流湍瀑，乾旱時節則是裸露巨大石塊的河床。在萬山環抱的深山臺地上形成的族群，與外面的交通不便，自然發展成了達邦文化上一種單純獨特的性質罷。

從臺灣我接觸過的原住民來看，達邦的鄒族和蘭嶼的雅美保有比較未受干擾的文化單一性。蘭嶼後來由於觀光的高度發展，部分地區也發生了較大的變化，倒是達邦，始終相當純淨。

達邦鄒族在種族特徵上也給我深刻的印象。他們的輪廓五官似乎比一般原住民更深邃沉靜，尤其是一種近於孤獨與傲岸之間的神情，使我直覺上覺得這是一個值得敬重的種族。

一般說來，近海域的原住民似乎在藝術的表現上較華麗浪漫。深山裡的鄒族在圖繪與雕刻上我都沒有找到特別多的表現。因此，最初幾次與學生同去做田野調查，感覺上會自然而然以雅美族富麗的船隻彩繪、阿美族的服飾，或排灣的雕刻來比較鄒族，甚至要誤以爲這是一個樸素平實到不擅長藝術表現的種族。

在準備祭典前的幾個夜晚，因爲與村落裡的居民熟了，我們陸續參加了他們村落中爲祭典準備的一些儀式。儀式中屬於造形美術的部分還是比較少，色彩，造形都談不上太豐富。但是，一聽到他們圍成圈，行走舞動時的歌舞，我們都有了不同的觀感。

鄒族祭典中的歌舞是異常莊嚴的。與我參加過的一些其他原住民祭典中的喜悅、狂歡的情感都不太一樣。歌聲和舞步的變化其實不大，但是在一個極單純的基礎上不斷複加和音的層次，使鄒族的美學不求形式與技巧的多變，而更傾向於內在精神宗教性的莊嚴。

西方中世紀從哥德式教堂中發展起來的「格雷高里唱讚」（Gregorian Chant）也有類似的表現法，常常是單純的人聲在一句唱讚中複加上不斷的和音。

只有在宗教或信仰的儀式中，藝術的個人自我表現會爲了完成更高的理想，使個人放棄自我炫耀，相反地，卻以最大的虔敬把自我參加到更大的眾人的合唱中去。

哥德式的教堂在造形上一直在尋找一個信仰的高點，是建築的每一個局部努力在複雜巨大的結構中推出一個可以使眾人仰望的塔尖。同樣的，中世紀西方的宗教唱讚也在石質的教堂空間中尋找人聲的最高和音。鄒族的歌則是在萬山環抱的自然中對天地祖先的唱讚，他們的歌聲使人安靜，使人堅定，使人重新有了對生命的信仰。

他們的歌，從一句獨唱的導引，逐漸加入層次複雜的眾人的和聲，在萬山中起莊嚴的回應。彷彿要使人知道，好的歌聲是人的肺腑與天的和音。

中國古代把歌唱分為「風」、「雅」、「頌」。風是民間的俚俗情感，雅是歷史的敘事，頌就應該是初民在大地上對自然與祖先的唱讚罷。

「風」使人有多樣人世情感的活潑，「雅」使人有史詩的薪傳慎重。只有「頌」，應該是人對自身存在的感謝，對萬物起端正敬重之心罷。

很可惜，在中國後來的歷史中，「頌」常常被扭曲成政權的阿諛誇大或個人英雄的歌功頌德，失去了「頌」的原意。

沒有了「頌」的莊嚴，其實「風」、「雅」的活潑與歷史感也都可能流於輕薄或形式。

以今天臺灣來看，流行的俚俗歌曲往往連情感的纏綿堅持都沒有，「風」的熾烈生命力已經委靡不堪；至於傳承性的史詩歌唱經由政治的污染，只有在教條性的軍歌中成為使人厭惡的東西。從「頌」重新整頓一種來自人最基本的內在莊重也許是今天「樂」教的急迫之事罷。但是，音樂又的確來自最不能掩飾的內在世界。功利、敗壞、猜疑、委靡的內在當然難以有潔淨、光明、豁達、康健的歌聲。

在萬山環抱的達邦猶有臺灣初民傳來最美的「頌」歌，偶然聽到，使人深心震動，眞是久違了的人與天地的合唱。

在田野調查中，原來分配好了工作，有些學生負責錄音，有些負責攝影，有些負責文字筆錄，有些負責圖繪。但是，在達邦祭典當天，大部分學生參加到歌舞的行列中喝了鄒族朋友送來的小米酒，一一醉倒。

那是和學生出去做田野調查資料蒐集最少的一次，但是，多年以後相聚，大家都記得那條盛放著山櫻花的山路，以在及大山之間使天地都起震動的鄒族之歌。

近半世紀以來，臺灣的原住民在政治與經濟兩方面都是最受委屈的族群，但是，低卑的生活狀況沒有被腐化的原住民，反而能在孤獨中保有人與自然最美的歌聲、舞蹈與造形美術，提供給未來的臺灣社會一種重新省視自己文化的機會。

在功利污濁的城市疲倦了，有時還是會一個人到達邦去住幾天，重新聽一聽山川與可敬的種族的天籟唱讚。

分享神的福分

我在一個常年有戲可看的社區長大。演戲是爲了謝神，所以戲台總搭在廟口，是演給神看的。百姓看戲，是分享神的福分。

那個社區叫大龍峒，在淡水河基隆河交會的附近；那個廟叫保安宮，供奉的神是保生大帝。圍繞著保生大帝的生日，一年總有好幾個月都要演戲酬神，保生大帝又要與其他地區的神禮尚往來，迎送賓客，也都要演戲。一年中大大小小的節慶，上元、中元、端午、中秋，也照例少不了演一台戲。

戲台其實很簡陋，用粗粗幾根碗口粗的木樁横直豎立起來，上面鋪上板，再圍上彩繪的大幕，區分了前台後台即成。

大概按社區慣例，演戲總由當地較有聲望地位的仕紳和殷實的商家出錢，請一台戲班演出，因此，戲台上常常貼滿紅紙條幅，上面用墨字寫出出錢仕紳與商家的姓名，以及贊助的款項數目。

在比較盛大的節日，或地方上特別富裕的年月，也許出錢的人特別多，有時就不止演一台戲。我看過一次三台共同演出的盛況，三個不同的戲班，在三個不同的台上，同時演出同一齣戲碼。記憶中那種興奮已很難用語言形容了，只記得當時尙讀小學的我，穿梭奔跑於三個並排演出的戲台下，看著大人們指點評論，比較三台的演出。不時有商家助陣，在紅色彩綢上貼出數千元的現鈔給某一戲班，便引起一陣騷動，燃放鞭炮之聲不絕於耳，演員也使足了勁在台上唱作俱佳的演出。

我分享了那個年代神的福分。就在戲台附近的小學當然遠不如戲台迷人。常常溜出教室，跑到戲台前看戲，但是，也總免不了被鄰居的歐巴桑看到，便嚴厲指責我不在學校上課，要告訴我母親云云。因此，逃學去看戲，有時就不太敢到前台，躡手躡腳溜到後台，攀上梯子，爬在後台看戲成爲與神分享的另外一種福分，當然，神的福分中也有酸楚感傷。

爬在後台一角，看到滿頭珠翠的旦角，剛在前台嬌聲嬌氣扮演傲氣自負的千金小姐，忽然轉進幕後，便匆匆解開領口，掏出乳房，抱起在地板上嚎哭的嬰兒哺乳。嬰兒安靜地吸吮著母乳，千金小姐濃厚的油彩下看不清她眞正的表情，她很快又放下嬰兒，整理一下衣衫，依然嬌聲嬌氣婀娜多姿出去前台演好她的角色。

我仍然懷念那個戲台，懷念那台前台後華麗與傖俗，喜悅與酸楚，現實與戲之間奇妙的混合，好像知道分享了神的福分，即是對人生中的富足有感恩，對人生中的酸楚也有敬意。

母親的戲癮也絕不下於我。她在陝西迷秦腔，在河南時迷河南梆子；到了大龍峒，生活的辛苦煩勞，也絕不會阻礙她和鄰居歐巴桑一起拿了板凳坐在廟口看歌仔戲。

也許因為戰亂的關係罷，在民國五〇年代左右，廟口的歌仔戲班中似乎也夾雜一些平劇、川劇、河南梆子的演員。民間的戲劇原有它活潑的一面，異鄉流離來的武生，一時失散了班子，為了生活，寄託在歌仔戲班中，有的戲碼本來也就相同，於是一齣《白蛇傳》白娘子、許仙都是歌仔戲，忽然到了〈合缽〉一場戲，跑出一個哪吒，出口竟是河南梆子的腔。母親一時錯愕，不知道是感觸了什麼，呆呆看著這仙界哪吒，身手不凡地翻滾，台下掌聲如雷，對異鄉武生也有支持鼓勵，落難者也分享了神的福分。

也許是這些童年的經驗罷，使我至今看到好戲，總覺得是在分享神恩。

神恩是知道了離、合、聚、散、喜、怒、悲、歡，都要有分寸。

七〇年代後期，剛從歐洲回來，常常晚上跑到中華路的國軍文藝中心看戲，票價三十元台幣，看了許多好戲，又是另一次福分。戲碼有時是演了又演的《四郎探母》、《蘇三起解》，但是，演員知道分寸，那個四郎，與親生母親、妻子、弟妹分離十五年，生死不知，一旦母親近在一夜之間即可探望的地方，思緒澎湃，那個公主，十五年來，忽然發現恩愛的丈夫原來是敵國的將領，有殺父之仇。我忽然意識到身旁看戲的老兵都陷入個人的迷惘中，什麼力量使人與人阻隔，什麼東西使人與人仇恨，什麼樣的政治，使父子不和，夫妻反目，使黨派的喧囂淹蓋了人的本性？

戲台上的四郎與公主都有分寸，所以猜疑過後，爭辯過後，人還是要回到人的原點，戰爭殘酷，兵荒馬亂，流離落難，但是人還要分享神的福分。

這些年，看戲看得少了，只是覺得有時候演員少了分寸，可以一開打，刀子掉了一台，演員無惶恐慚愧，還向台下觀眾做鬼臉，我就不再想看戲了。

戲和人生一樣，總在一種認眞，因爲認眞，舉止就不失分寸。

顧正秋的戲，我總想看，覺得每次看還有一種分享神的福分的快樂。

好的演員，往往脫開了年齡、性別，脫開了現實中利害的糾葛，在舞台上形成一種品格。顧正秋的鐵鏡公主，在精明中有寬厚的悲憫，她大約早已猜到丈夫是國法不容的敵邦奸細，但是，人與人有恩有愛，正是要控訴那「法」的荒謬殘酷罷。《鎖麟囊》中的顧正秋，從繁華唱到幻滅空無，生命在一彈指頃看到了嬌貴榮華竟都是虛罔，然而人世有恩，所以也還要同享神恩。《鎖麟囊》中顧正秋的分寸在唱腔，也在身段。唱腔是聲音的分寸，身段是舉止的分寸。《鎖麟囊》到了最後，恩人來拜，顧正秋幾個後退辭謝的身段，是身段美的極致，年輕演員或許只能當身段看，但是歷練了生命中的華貴與酸楚，對人世的大愛大恨坦蕩之後，顧正秋身段的分寸其實是一種文化品格。

把身段提高成爲一種美學形式，在顧正秋的《漢明妃》中特別可以看到。這齣歷來使好演員想要挑戰的戲，從表面來看，昭君、王龍、馬夫，三者在舞台上極高難度的唱腔與身段的錯落，其實也可能是更深一層文化品格的探索過程。在某一個意義上來看，王昭君是對整個民族怯懦、政治怯懦的一種反諷，她以一個孤獨女子的身段出走塞外，在蒼茫的天地中回看家鄉故國種種，千山萬水，顛沛流離，王昭君的自我放逐，剛烈中有一種蒼涼，是人生的坎坷裡自己對自己加倍的珍重與堅持。

因爲顧正秋的戲，覺得現實的慌亂喧囂中仍有一種安定，知道即使在慌亂中也不能失了人的分寸。

一個優秀的演員，是一個漫長的美學傳統源遠流長的總結，有好演員在，舞台上有典範，同樣，人世間也才有了典範。

輯七

島嶼獨白

沙隙間暗黑的水流，可能是一種獨白，
一種失去了對話功能的獨白。
獨白，也許是真正更純粹的思維。
在一整個城市要求著「對話」的同時，
我猜測，
你的出走，竟是為了保有最後獨白的權力嗎？

獨白

我坐在窗前，等待天光暗下來。我想，隨著光的逐漸降暗，我的視覺也便要逐漸喪失辨認的能力了。但是，似乎這樣的想法並不正確。視覺中有更多的部分與心事有關。可能是記憶、期待、渴望、恐懼這些東西罷。

如果能夠去經驗天生盲人的視覺，或許可以眞正分辨「視覺」與「視覺記憶」之間的差別。但是，我已無能爲力了。我閉起眼睛之後，我的「視覺」被眾多的心事充滿。彷彿如潮汐的淚水，逐漸沁滲在每一片極度黑暗的球體的邊緣。這是一種視覺嗎？或者，僅僅是我視覺的沮喪。

我的眼前，花不可辨認了，路不可辨認了，山，也不可辨認了。然而，我知道，那不只是因爲光線降暗的緣故。是我坐在窗前，等待每一樣事物逐一消逝的心境；花的萎敗，路被風沙掩埋，山的傾頹崩解。在近於海洋的嘯叫中，我們凝視著那一一崩塌毀滅的城市、帝國、偉人的紀念像……種種。

在一個可敬的朋友出走之後，我刻意訓練自己降暗視覺的光度。我想用晦暗的光看我居住的城市；彷彿在冥修中看見的諸多幻影（一般人都以爲那如同鬼魅魍魎，其實不然，幻影也可以是非常華美的）。幻影之於現實，並沒有很清楚的差異。我們大都必然陷入幻影之中。是因爲它幾乎就是一種現實。嗜食毒品者在幻影中感覺著一種眞實；嗜殺者在殺戮中感覺著一種眞實；嗜奪權力者在勝利中感覺著一種眞實；嗜慾愛者在慾愛的幻影中感覺著一種眞實。爲什麼我要說那是「幻影」？毒癮中沁入骨髓的快感，嗜殺中屠滅生命的快感，權力的爭奪，財富的佔有，愛慾的生死糾纏，在我居住的城市，即使我調暗了視覺的光度，我依然看到這諸多的現實，如此眞實，歷歷在目，對我的「幻影」說嗤之以鼻。

報刊上今天以小小的一個角落登載了你出走的消息。我因此獨自坐在窗前，靜聽著黃昏潮汐在每一片沙地中沁滲。有一種嗦嗦的聲音，很輕很輕地滲透在沙與沙的空隙，好像要使每一個空虛的沙隙縫都湧進充滿入夜前暗黑的流水。

沙隙間暗黑的水流，可能是一種獨白，一種失去了對話功能的獨白（但不要誤會，絕不是喪失了思維的喃喃的囈語）。獨白，也許是眞正更純粹的思維。在一整個城市要求著「對話」的同時，我猜測，你的出走，竟是爲了保有最後獨白的權力嗎？

在某一個意義上，一個眞正的作家（詩人、寫小說者）是沒有讀者的。一個繪畫者、一個演員、一個舞者，可以沒有觀眾。一個歌手、一個奏演樂器者，可以沒有聽眾。

我看到一個老年的舞者，在舞台上拿起椅子，旋轉、移動、凝視。他在和觀眾對話嗎？不，他只是在舞蹈中獨白。

在修行的冥想中，諸多的幻影來來去去，盤膝端坐者，在閉目凝神中一一斷絕了與人對話的雜念。

每一柱水中倒映的燈光，都是一種獨白。它們如此眞實，水中之花，鏡中之月，指證它們是「幻影」，也許只是我們對現實的心虛罷。

如果你是水中之花，你大約會從水中擡頭仰視那岸上的眞相；如果你是鏡中之月，你也會從明鏡煌煌的亮光中擡頭仰望那天空中一樣煌煌的明月，發出嘖嘖的讚歎罷。

那麼，你的出走，究竟是一種眞相，還是一種幻影？或者說，你代替我出走了。

我留在現實之中，你替代我出走到幻影的世界。當你笑吟吟從水面向上仰視的時刻，我必須微笑著告訴你岸上的一切，包括陽光的燦爛，風聲，以及我在風聲中的輕輕搖曳。

據說，記憶中所有前世的種種，都只是今生的獨白，因此，宿命中我必然坐在此時的窗前，等待天光降暗、降暗。

——一九九七年一月．選自聯合文學版《島嶼獨白》

（本輯作品均選自《島嶼獨白》）

飆

「如果我避過了死亡，也就是說明——我缺席了。」

他說完之後，就跨上那臺黑色巨型的摩托車，發動引擎，如急風中的火焰一般「咻——」地一聲，消逝在路的盡頭。

關於速度，伊卡一直有他自己一套獨特的看法。人類總是在要求速度，好像古老希臘那個馬拉松的長跑者，「如果能夠再快一點——」這是耽溺速度者永遠的假設。

「但是，速度的掌握，第一是要背叛自己，第二是，對死亡好奇。」

伊卡和他的夥伴們，不像報紙媒體上描述的那樣猙獰或惡霸，他們甚至是斯文的，比習慣於「知識」的人更多一些沉穩踏實罷。

我忽然覺得自己是路過的旁觀者。小學、中學、大學……，我的教育使我習慣於一種「旁觀」，不管是冷嘲或者熱諷，不管是死亡或者生存，我都習慣了「旁觀」。

「你是不能旁觀死亡的，」伊卡說，他指指我的身體說：「它，就在裡面。」

然後，他跨上重型的摩托車，頭也不回地揚長而去。

島嶼的暗夜，當城市中的許多角落醞釀著各種淫慾，在城市與城市的空白地帶，在連接城市與城市的道路上，聚集起了追求速度與死亡的青年。

「速度其實是一種性！」他冷冷地笑著：「速度是一種亢奮，人類在性的亢奮中彷彿死去，因爲他背叛了自己，他渴望窺探死亡之後的另一個自己——」

他和伊卡並不相識，他們從島嶼的各個角落聚集，他們選擇「路」做他們的國度。

「我們佔領『路』，因爲，路，不是空間，它只是一種延長，一種過程，或者說，其實，沒有人能夠佔領『路』，我們只是通過，我們嘗試用很快的速度通過，我們想到路的盡頭去一窺究竟……」

他的足踝輕踩在發動器上，他的右手轉動油門，他有一種如赴重任的專注，車子彷彿被他的專注操縱，筆直地駛去。路上其實是有些屍體的。在速度與死亡之間失衡，身體便從座墊上被彈起，好像一種物理上的拋物線，在夜晚的無始無終的路上，輕輕殞落。

他們在暗夜的路上，很像一種星的碎片，散落在路上或路邊的曠野中；也很像一些被忘記了踏滅的菸頭，猶自燃燒著點點火紅的微弱的光。

「我們停下來搜集屍體，好像揀拾沒有完全熄滅的菸頭——」

「其實，在速度的極限中，肉體沒有太多感覺。肉體在安逸中是很淫慾的，好像每一吋皮膚都長出了乳頭、陰蒂和陽具，是一種很骯髒、很齷齪的淫慾。」伊卡的形容當然有點讓我吃驚，他卻沒有發現，他繼續非常篤定地告訴我：「速度，使一個人純潔。」

「速度，使一個人純潔。」我重複著。

「在速度裡，人的肉體，很像一種高熱的火焰，它並不跳動，它甚至也沒有了燃燒的外貌，它，靜定成一種非常非常安靜的光——」

「那麼，屍體呢？你也和我一樣，看到路上有許多屍體。」我反問著。

「他們失神了——」伊卡站起來準備出發，他說：「在赴死的路上，你不能有一點點失神。」

我聽到一種聲音，很乾淨，很絕對的一種高音，持續地升高，在每一次應該有升高記號的地方，我都驚悸於那聲音的破裂毀滅，但是沒有，它的確非常非常像伊卡說的那種安靜的光，在島嶼暗夜的路上，爲他們新的國度建立著信仰。

只是，聽說，最近島嶼上的路都被封鎖了。島嶼上的執法者，恐懼那無數暗夜中速度與死亡的追尋者，他們拿起了警棍，像捕殺野狗一般，獵殺著伊卡和伊卡的夥伴們。

在重重的鐵網的封鎖中，伊卡當然是極少數的倖存者，仍以他一貫的篤定，遠遠奔馳在執法者的速度之外。

颱風

暴雨過後，島嶼的天有一種清明的藍色，非常透明，映襯著輪廓鮮明的山脈。因爲海洋的反光吧，島嶼的光線是非常複雜而且多變的。好像在島嶼的四周鑲嵌了許許多多面鏡子，海洋的透明的光，也從四面八方映照著島嶼的山水、建築和人。

雲在經過島嶼的時候，會有特別眷戀不捨的姿態，拖得很長，一絲一絲，在湛藍的底色上的白色的雲，有一種彷彿舞蹈的速度，慢慢經過這個其實一不小心就會忽略的島嶼。

夏季的時候，鏡子的反光是特別強烈的，島嶼的四處，都明晃晃的，閃爍著不安定的光。光的游移，使人的視覺有一種恍惚，有一種介於華麗與幻滅之間的印象，有一種瞬間即逝的虛幻，但是，記憶猶深，彷彿是一個浮在空中在逐漸消失的島嶼。

伊卡有時候和他偶然相識的狗坐在高高的堤防上看傍晚黃昏的雲。年老的人可以從晚雲的色彩預兆颱風的來臨。這個海洋中的島嶼，長期以來養成了對風暴的恐懼，因此，自然中許多徵兆都是與颱風有關的，諸如草莖的變化、雲的色彩、夜間的月暈……等等。

「雲的邊緣，有淡淡的血色，你看——」老人很耐心地指給伊卡西天上絢爛的晚雲。伊卡其實不很分得清「血色」和「紅色」的差異。他茫然地看看狗，狗卻若無其事地轉開了頭。

關於颱風來臨的徵兆，對伊卡而言，沒有那麼值得重視，也許是因為他不曾擁有土地，土地上的建築，建築中的家人和財物吧。伊卡想：颱風究竟會使人有什麼損失呢？

童年的時候，當颱風來臨，伊卡便和他的友伴雀躍起來。他們立刻奔進狂風暴雨的溪流中去，從高高的岩石縱躍入海，他們泅泳潛水，在急湍的漩渦中歡呼。

「颱風會使人有什麼損失呢？」

伊卡看著眉頭深鎖的憂傷的老人，他終於想起，一次劇烈的颱風，曾經吹走了故鄉河口整片沙灘地的西瓜。

「你種西瓜嗎？」伊卡覺得可以分擔老人的憂慮了。

但是老人搖搖頭，一語不發地仍舊細細觀察著晚雲的顏色。

少年們是特別興奮的。他們泅泳在許多漂浮在水面上的西瓜之間，西瓜有些還連著葛蔓，比較容易抓提。聰敏的少年便一手提著七、八個西瓜，慢慢在急流中泅泳靠岸，在西瓜被拉到岸上時，少年便像捕獲了大魚的漁人一樣，被人簇擁擡起，受到如英雄般的歡呼。

但是，大部分的少年是和西瓜一起在水中浮沉，風浪太大，西瓜在水中翻滾漂浮不定，若是連根蒂也吹斷了，一個渾圓的西瓜，在手中是很難著力的。伊卡記得，許多少年便彷彿玩樂一般，努力騎到比較大的西瓜上，又立刻翻倒，可以在一整個颱風的季節，渴望著再有一次西瓜田氾濫的盛況。

據說，那西瓜田是一個在北部都會的詩人最後的家產，伊卡他們便惶惶然打聽了詩人下落，在杳無音信之後，這一群少年都有一點悵然，各自整理了行李，準備到都市中去就讀或打工。

「颱風在這個特別炎熱的夏天是一定會來的。」老人有點沮喪的五官皺縮在一起，使伊卡也有一點難過，但是堤防上的狗不以爲然地搖搖頭，伊卡便勇氣百倍地站起來，拍拍老人的肩膀說：「有人從大風大浪中拉起這麼一長串西瓜呢！」伊卡用手比劃著，他決定告別老人，他決定在恐懼的災難來臨之前，好好去跑一次五千公尺，伊卡便呼嘯了一聲，向堤防一端跑去，黑狗也迅速跟上，晚雲的紅色已漸漸暗淡下去了。

秋水

她覺得愉快，是因爲這淡蕩的秋天的水和秋天的陽光。

夏天快要過完的時候，陽光非常亮烈。在那樣亮烈的陽光裡，每一個人都覺得遺憾；遺憾到要叫起來，好像激情變成了一種痛苦。

城市裡的人其實是不容易知道夏天的亮烈的。在城市裡，陽光被四面八方的樓宇割裂成破碎的一小塊一小塊。亮烈的陽光被囚禁成一種苦悶的燠熱。

「他媽的夏天！」他們擦拭著黏膩的汗垢，這樣咒罵著。

然而，距離城市不遠的河口，就有大片大片彷彿黃金的陽光，可以鏗鏗鏘鏘地摔響，人們走過，就像走在透明的金黃裡。他們昂首燦爛的微笑，「好一個發光的夏天！」他們這樣想。

因此，亮烈的陽光，到了最後幾天，那些走在金黃中的人們，都有一些痛苦，他們仍然昂首面對金色的陽光微笑，但是笑聲中有了哀傷。

伊卡在開滿野薑花的溪流裡，替母親浣洗黑而濃密的長髮。

「好像水中的荇藻和水草——」

伊卡讓自己的手指停留在隨水流去的髮叢中，一綹一綹的長髮，也很像一種靈活的魚，在水流中糾纏蕩漾。

母親則微笑著。她平躺在溪岸淺灘的岩石上，讓頭髮漂流在清澈的溪水裡。她的微笑的臉，她的微微顫動的闔起的眼瞼，她的向後微微仰起的頸項。她的平緩呼吸起伏如山脈的胸部和乳房。伊卡輕輕在水中梳理著母親的長髮，她詠唱起部落的歌曲、讚美女子和讚美神的句子，彷彿母親潔淨的皮膚上流淌過的潔淨的溪水，淡淡蕩蕩，是一片一片金色的陽光，琤琤琮琮流下去。

「秋天的陽光比較安靜——」

當伊卡問起母親微笑的原因時，母親想了一想，這樣回答。

她坐在一塊平坦的岩石上梳理自己的長髮。她看到伊卡在溪澗中的石塊間跳躍，小小的臀部好像飽滿豐碩的果實，她說：「伊卡——」

伊卡回過頭，咯咯笑了一回，又繼續在石塊溪澗縱躍奔跳。她覺得母親很遠很遠，好像在山水中間，成爲風景的一部分，好像岩石，好像大山，又好像溪水。

岩石、大山和溪水都一起叫喚：「伊卡——」

母親則的確感覺到秋天的水和秋天的陽光，淡淡蕩蕩，有一種悄靜，也是金黃的，但是很沉清、澄明，一點也不喧嘩。

她可以閉起眼睛，感覺到一寸一寸的陽光，在她額上、眉眼之間，隨著一種喜悅的微笑，慢慢移動，慢慢消失。

她無端想起男人，那些從城市裡來到大山間的男人，從陌生、驚慌、膽怯，到逐漸也可以脫掉鞋襪，在岩石間奔跑縱跳，並且笑得和陽光一樣燦爛。

「他們是從城市來的男子，他們分派到這裡服軍士的役務——」有一次她這樣向伊卡解釋。

那些蒼白、膽怯、戴著圓圓眼鏡的城市的男子，露著有一點驚慌的眼神。

「沒有多久，他們就會改變，他們會知道這可能是他們一生中唯一的一次美麗的假日。」

母親側過頭，和伊卡解釋著。

「爲什麼?」伊卡仰起頭，看到母親淡蕩的微笑的臉上有一些淚痕。

母親不曾在伊卡面前掩飾過什麼。她想起五、六年前那一個從城市來的男子，白白的臉，腼腆的表情，她想起那男子瘦削似乎還未發育完全的身體。那躺在她的胸前，彷彿仍如索乳的孩子一般有一點飢渴，有一點喘息與悸動的孩子。

「你的軍士役務只是一個離開城市的美麗假期罷！」母親這樣和城市裡的男子說。那男子逐漸在大山間也增長了壯碩的體格，皮膚黝黑，他望著這山水間的女子微笑著。他以後回到城市，還是在匆忙的工作中偶爾想起那女子的美麗，彷彿秋天的水和秋天的陽光，淡淡蕩蕩。

島嶼南端

在陽光裡泅泳，好像時間延長成一種很長的記憶，足夠一生一世去反覆咀嚼回味。

島嶼最南端的角落，因爲有比較長的日照，在北部已經爲秋天的雲影籠罩時，仍然明亮如夏天。而且，因爲烏黑濃厚的雲都北移了罷，這南端的角落反而是更爲澄澈透明的。澄澈透明的藍色，使人覺得可以愉悅到發笑的藍色的天空和海洋。

島嶼南端被海洋環繞的一個突出的半島形狀的海岬，大部分的高山在這裡都逐漸平緩它們陡峻爭高的奇險的姿態，有點像最美麗的女子的頸部柔和的線條，非常輕緩的逐漸斜向海洋。海洋也以和緩而不斷的節拍輕輕迎接著島嶼的土地，「親暱如性愛中的伴侶——」伊卡這樣想。

彷彿因爲海洋的富裕，土地也產生了熱烈的繁殖，在島嶼南端日照最長的半島上，生長著肥大而健康的植物、昆蟲、禽鳥。

禽鳥野悍地捕捉四處蔓延的昆蟲，常常可以看到低低掠空而過的一種鷹類，甚至抓起竄奔甚快的野鼠，急速升高，把野鼠從高空上摔在附近岩石的山崗上，然後靜靜停棲下來，靜靜看著那攤成一堆的野鼠的屍體，既無自傲，也無悲憫，鷹類只是冷靜地窺伺著自己的獵物。長蛇在盛開的花朵間游走，牠們斑爛閃爍的身體，和花一樣艷美華麗，彷彿一種夏日的渴望飽熟到成為有毒的氣味。牠們又是特別安靜的，美麗和一種致命的死亡，使牠們來如君王，去如鬼魂。

瓊麻是一種彷彿劍戟的植物，以全部尖銳不妥協的方式活著，抽出很高很高的花莖，在藍色的南端島嶼，到處都看到瓊麻花繁殖的慾望。許多的蜻蜓，在雨前雨後飛在空中；許多的蝴蝶，在每一朵花中鑽動，使一個夏季的生命都有了結果。剛剛出生的蠍子，很努力地螯住一隻蜥蜴，牠們頭尾相啣，都要置對方於死地，伊卡靜靜看了一會兒，就走開了。

午後暴雨頃刻使整個天空從澄藍變成烏黑，一種悶悶的雷聲在雲塊中翻動，海洋如死，而後雨聲來了，沙沙沙追過所有的雀榕和木麻黃，追過大片大片炙熱褐黃的沙地，泥土中翻騰起一種新鮮的土腥氣，彷彿新斬殺的牛的肉體，一種熱騰騰的飽熟的氣息，是古代殺牲獻祭中的氣味罷，使人亢奮、悚懼，使人驚訝於生命原始中的潔淨、純粹。

「我七歲就在這片海洋中泅泳了。」他笑著說。一個縱跳，竄躍進狂風暴雨中的波濤。許多岩礁形成一片海岬。礁石之間不斷有海浪湧進退出。漂浮的海草，緊緊攀爬在岩石隙縫之間，於是，它們隨著水潮的湧進退出，潑灑流動著如女子長髮一樣的身體。

礁石非常銳利，加上蔓生著海蚵和貝類（牠們的殼也都尖硬如刀），行走在上面，一個閃失就鮮血淋漓了。

但是，他迅捷如一頭豹子。

他從浪中竄躍而起，他大聲向岸邊叫道：「伊卡——你多久沒有來島嶼的南端了……。」

其實，暴雨是非常快就過去了的。幾乎可以用肉眼看到一大片帶著濃厚雨量的黑雲，迅速在天空上移動，移動到海面，移動到更遠的山頭，於是，在大雨中被沖刷的身體，一身仍滴著水，天空已經晴了，熱烈的陽光和藍色得更透明的天空，都使這個人覺得剛才似乎只是一個夢，但是，身上又的確濕透了，還滴著水，他於是只好搖搖頭，告訴自己方才並不是一個夢。

聽到一種嘈雜的聲音，伊卡看到岸上馬路有掛著奇怪牌子的車走過，伊卡說：「好像要選舉了……。」

那男子又縱跳入海。「他眞的像他說的，有一個夏季，在深海裡活活咬死了一頭鯊魚？」伊卡覺得這是一個不可思議的故事。

領域

在島嶼四周的海域，大群繁殖的魚類使深邃幽黯的海洋，彷彿一座華麗的花園。

他沉潛到最深最深的海底，在磷磷礁石之間，在鬼魅般的貝類生物和甲殼類生物之間，他沉潛著，好像嬰兒沉眠在無記憶的狀態，沒有夢，沒有往事，沒有聯想，也沒有牽掛。

他甚至不知道在島嶼四周巡弋海域的意義，雖然，嚴峻的長官不時要告訴他有關巡守疆土的重責大任。

「我在最深最深的海底，但是，我接觸不到海，我彷彿一條魚，被裝置在眞空的透明箱中，然後再把箱子沉入海底。伊卡，你以爲，這條魚，還算在海中嗎？」

伊卡閱讀著那工整的文字書寫下來的句子，他和身邊的女子說：「這是一個奇怪的小子。」女子並沒有回答，仍然沉湎在她自己的發呆之中。

「他說，他的潛艇在島嶼四周巡弋了一個月了。」伊卡想像著一條魚在透明密閉的箱盒中浮游於海底。

「我睡眠的空間有三十幾公分高——」他這樣敘述著。「我甚至看不到海，大部分時間是在真空的黑暗中，我必須完全依靠聽覺來判斷海洋的變化，來感覺海洋，感覺海洋深處的無限溫暖、無限寬廣和無限恐懼。」

伊卡其實不了解這個被稱爲「小子」的朋友。但是他喜歡閱讀這個「小子」從不知名的各個角落寄來的信，用很工整的字跡寫成的許多讀起來似懂非懂的句子。

「他很孤獨罷——」女子把信丟回給伊卡。

「是嗎？」伊卡還是不能判斷。他不了解「小子」在青少年時代爲什麼那樣傑出優秀，幾乎是部落少年們的英雄，包括他的俊美，他在打球時神奇的體力和技術，包括他君王般的氣度，包括他醉酒後美麗的歌聲和他沉酣中嬰兒一般的面容。

「每一位女子都想把那樣沉酣的少年的俊美頭顱摟抱懷中啊——」

「而且——」伊卡說：「他似乎也輕而易舉的進入城市，進入最有名的高中、大學——」

「那他怎麼會跑到潛艇上去？」女子問道。

「爲什麼？」伊卡搖搖頭。「不知道。」

沒有人知道「小子」爲什麼在大學二年級讀完，忽然離開了大學，失蹤了一段時間，以後伊卡就接到他從不同的地方寄來的信件。

「我不能了解巡守疆土的意義。我甚至——無法認識長官口中所說的『國家』。然而，我在島嶼最深的海底，被許多許多海流包圍著。我幾乎可能用越來越敏銳的聽覺知道它們的秩序、節奏。它們也清楚的讓我進入它們最深的內在，純粹、透明，非常有紀律。它們迴環著島嶼，它們從地理的意義上深愛著島嶼，彼此依靠著。你知道，伊卡，海洋上的島嶼，事實上，只是一個被掩蓋了大部分領域的一些突起的部位，你應當看一看海洋覆蓋下眞正的島嶼，它其實是一片大地。」

伊卡恍惚記憶起「小子」憤怒過，在初入大學不久，詛咒著他的大學，頹喪地說：「那裡聚集著對自己生命最沒有要求的一群人——」

「然而，他還是不快樂的，他還是要聽他的愚蠢的長官說『國家』、『保衛疆土』這些他覺得迂腐的話。」女子打斷了伊卡的敍述。

「我在電腦儀表板上看著密如天上星辰的紀錄。我們的方位，我們行進的速度，我們深入海底的噚碼。科技使我一一閱讀著海洋，閱讀著我們一直覺得深不可測的領域；而且，它們那樣接近我眞正的心事。它們是知識，又是一種智慧，甚至也是一種道德和一種審美。我閉起眼睛時，那些儀表板的紀錄就變成我內在的紀律、秩序，和心跳和脈搏完全一致，靜靜地帶我穿越著宇宙中最深的領域。伊卡，我的巡弋，不是爲了長官口中的國家或疆土，我巡弋著自己生命的領域——」

宿命

我們用各種方式去探測未來，也許，在未來越混沌曖昧不明的時刻，我們越盼望著依靠一點點神祕的暗示，用來探測未來可能的線索。

我們的手掌上就有一些似乎可以閱讀的線條；人類從久遠的古代開始，就在這些線條中閱讀著未來的命運的種種，關於愛情、事業，關於吉或凶的一切可能。

手紋的閱讀是極其困難的，據說，最好的命相家都無法準確的解讀自己的手紋。

古代許多爲帝王閱讀命運的命相者多半是盲人。他們其實在視覺上是不可能閱讀人的面相或手紋的。「命相的領域，一切的閱讀都只是誤導；因爲……。」那位命相家在臨終時這樣交代將要承其衣缽的弟子說：「命相的終極並無暗示的線索，也沒有解讀的可能；命相的領域不能依靠世俗現實的邏輯，邏輯的理則推論越強，越遠離測知命相的本質。」

據說，這名命相絕學的宗師，便在臨終前，親手刺瞎了將承其衣缽的弟子的雙眼。弟子恭敬承受命運，在鮮血迸濺前默默流下最後兩行清淚。他從此再也不會流淚了，現世的種種景象在他的視覺中全部熄滅，是的，熄滅，就像照明的燈火熄滅，一切物象也隨之隱沒入無底洞的黑暗。但是，他開始看到了未來，看到了命運的終極，看到變成嬰兒流轉於另一個人世的師父，手中握著一柄尖銳的錐子，嚎啕啼哭，彷彿他已一一錐刺了自己的前生。

我們偶然感覺到的身體上無緣由的痛罷，我們偶然感覺到心中一陣不寒而慄的悸動，我們偶然盈滿淚水的眼睛；不可解不可知的種種，因爲這些，我們在一個小小的島嶼相遇，相愛或彼此憎恨，那雙被錐刺後如黑洞般闃黑幽靜的眼睛，都一一探測到了，他也只偶爾說一兩句不相干的話，對一般人而言，是完全不可解的。

島嶼一向熱中於探知未來，個人的命運和國家的吉凶。在一個新的年度將要來臨之前，人們更蜂擁至廟宇或各個命相的所在，祈求神的祝福與暗示，依憑著這渺茫幽微的暗示，做下一個年度生命的預算。

但是他並沒有走向廟宇。他似乎知道廟宇已少了神的駐足。

他坐在電腦桌前，凝視著螢光幕的變化。

他嘗試設計了一種軟體，把人誕生的年、月、日、時和地點，五種因素輸入，然後他就靜坐著，等候顯示板上慢慢找到那一個確定的時空。

我們在完全空白的領域裡找到了一個小點。這個點既不佔有時間，也不佔有空間。但是，那個點就是我們誕生時存在的時間與空間。

「命相裡最難的其實就是這個點的尋找。」他這樣喃喃的自語著，他的明澈慧智的眼睛定定地凝視著顯示板。

然後，一剎那間，圍繞著那小小的一顆紅點，四周出現了密密麻麻的藍色的小點，大大小小如星辰般密聚向那孤獨的紅點。

他閱讀著那些小點排列的形狀位置，「冥王星——」他以極科學的方式找到天空星聚的各種可能，也試圖找到那些密聚的星和一個孤獨的紅點：神祕的關聯。

他所嚮往與深愛的一些小點移向星盤的某些角落，「摩羯，射手，水瓶，天秤——」他的眼睛忽然明亮了起來，他知道星辰的聚散竟是因爲它們內在的一種宿世的深情，「所謂宿命罷——」他這樣喟歎著：「所謂命相的終極，不過是宿世以來深情的牽連不斷而已。」他又看到一群藍色星群的小點移向那一點點孤獨的紅色。

蓮花

人們相信一種肉體上的儀式可以轉化精神。如同古老的宗教修行都從剃去頭髮開始。頭髮應該是人的肉體上最可以割捨的部分罷。

他感覺到銳利堅硬的刀鋒一一斷去了髮根，從前額移向兩鬢，他感覺到髮根斷去時那種拉扯的力量，好像很多的眷戀、很多的依賴、很多的牽掛、很多割捨不去的千絲萬縷的糾纏，在冰冷堅硬的鋼鐵的鋒利下，一一斷去了。

他也可以感覺到那些割斷的頭髮，好像失去了重量，輕輕落下，好像黑暗的冬夜靜靜飄落的雪片，落在他的前胸、兩肩，落在他盤坐的膝上，落在他交握的手中。

「這是最輕微的肉體的離去罷。」他靜坐冥想。

眼前有許多幻影，那些如星辰般美麗的燭光，一寸一寸燃燒著，它們也是在捨棄一部分的身體中冥想光亮的意義嗎？

然而雪這樣無邊無際地落著，在闃暗的冬季的夜晚，有誦念的聲音，有輕微到不容易察覺的呼吸和人的體溫，有割捨和告別時的叮嚀和嚶嚶的哭聲。

當果實在冥想做爲花的時刻，那種種的風和日光的午後，有千萬種華麗燦爛，如同蛹眠中的蟬，忽然想起了一個夏季的悠長的叫聲。

種種，前世和來生的諸多因緣，在此刻，藉著一種割斷的力量，交錯重逢了。

因此他想這斷去髮根的儀式，終究也只是一種幻相，以爲藉此便了結了前生和來世的種種因緣。

其實有很多重重撲倒在寺廟大殿中的身體，斷去了筋骨，斷去了手足，糜爛了眼耳鼻舌，糜爛了軀體和臟腑，如同那古老經文中所說的各種捨離肉體的方法，如同在火中煎熬的油膏，如同肉體混雜著污穢糞土，不再企冀美與潔淨，只任憑肉體如土中的腐葉，不再有形狀的堅持。

在冥想中他覺得髮根的斷裂，彷彿大地震動，那只是軀體瓦解的開始嗎？

軀體的慾望與軀體的瓦解，他的冥想回到許多肉體慾望的記憶；那些熱烈潮濕的唇的吮吸，那些溫熱的搖盪起來的乳房，那些交媾著不克自制的肉體，劇烈的心跳和喘息，那些糾纏著無以自拔的肉體與肉體的宿命，如何割斷、捨離，如何捐棄，像這些紛紛墜落的頭髮。

削去了髮絲的頭皮，有一種青色的光，彷彿初生嬰兒，很稚嫩，也很羞赧。但是，他微笑著，覺得這樣簡單的儀式，卻可以是種種懺悔、種種捨棄、種種煩惱與痛苦的解脫。他知道這是幻相，但是，幻相也罷，認識慾望是一種幻相，有一種領悟的喜悅，認識悔罪捨棄，也不過是一種幻相，也許只有對自己悲憫無奈罷。

所以，微笑是因爲對自己有了悲憫；知道不僅慾念種種是幻相，連這靜坐冥想，連這樣的斷髮悔罪也都是幻相而已。

河流上亮起了一些火光。

好像是燒剩的屍骨在黑夜中燃起的磷火，一種帶青色的光，幽淨地飄浮著，隨河面上的風流轉。

從島嶼的富有繁華出走，他記憶著某一個夏日，那河流上盛放的蓮花，非常輕盈，也是這樣，隨著河面上的風流轉搖擺。

他想從蓮花上渡河到彼岸去，從一朵一朵盛放的蓮花上輕輕踏過，流水如歌聲，蓮花便如嬰兒的笑靨，而一切沉重的煩惱都消逝了，他只是一直走向彼岸，走向彼岸，消逝在無邊無際的蓮花之中。

夏之輓歌

初夏使島嶼有一種肉體上的興奮。

在花開到爛漫肆無忌憚的季節，掉落在地面上的花瓣，混合著濕熱的雨水，被炎烈的日光蒸曬，發出一種熟透的香味，一種熟透開始腐爛的氣味。

風沉重地垂掛在每一個慵懶不動的樹梢。花葉在腐爛中釋放的香味混雜著使人暈眩沉溺的毒素。

所以，島嶼的夏季，在蒸氲著濕熱的密林和繁茂的草叢裡，有彩色斑斕的蜥蜴，呼吸著奇香如毒的腐爛，試圖使一個夏季都只是睏倦、慵懶，都只是肉體官能上肆無忌憚地氾濫。彷彿溺斃在香味的毒癮中，他渴望終止思維，他渴望從迷懵魍魅的憧憬中升超到感官浮游的領域，渴望一種如死的亢奮，擁抱著熱烈的夏季，如死地睡去。

那是一則夏季的神話。

島嶼上的居民發現了密林深處，一種紫藍色的花，是比任何一種現存的毒品更劇烈的毒素。他們絡繹不絕，悄悄帶著工具，潛入密林中去。

他們看到耽毒的蜥蜴，全身發著紫藍色的毒光，轉動著超越現實視覺的小小的瞳仁。牠們擁抱著、交配著、繁衍著一代又一代更為耽毒的後裔。牠們生活著，牠們的生活其實只是爲了擷取更多一點的毒素，使牠們的肉體在劇毒的餵養中更爲美麗，閃耀著魅鬼的色彩和斑紋。

蜥蜴之外，蜘蛛、蟑螂，也開始耽嗜毒素了。

當島嶼上意識到毒品如日常糧食般從密林深處迅速向小鎮、城市蔓延時，嗜毒的嚴重性開始被保健和司法的機構重視了。

和耽嗜毒素的密林中的蜥蜴、蜘蛛、蟑螂一樣，城市中的男子、女子、老人和少年，也一致地耽愛起這使他們超升浮游於非現實界的毒品。

紫藍色的小花被大量採集，曬乾，研磨成一種粉末狀的製劑，分別包裝在十公克左右的小盒中，被運銷到各個城鎮中去。

島嶼的商品經銷系統，是近代人類歷史的奇蹟。這個商業經銷系統，曾經被傳統保守的人士斥責爲「不道德」的消費體制，將嚴重戕害島嶼的文化與精神。但是，不可否認地，島嶼在這奇特的商品經銷系統中致富了。

島嶼迅速地成爲世界上少數在經濟的不景氣中繁榮而且富裕的地區。

因此，當人們看到訓練有素的商品經銷系統，開始以毒品爲他們的經銷主體時，人們都有一點矛盾，一方面他們知道島嶼將再一次獲致經濟利益上的暴富，再一次引起國際間側目以視的經濟「奇蹟」。然而，同時地，人們當然開始意識到這些毒品製劑，將如何經由這無孔不入的商品經銷系統，把毒素銷行到島嶼和島嶼以外的任何一個地區。

夏季，日光如一種鞭撻。如果死亡終究是無可豁免的最終的宿命，那麼，嗜毒與非嗜毒，也只是在無可豁免之前不同的生活方式的抉擇罷。

把城市的樓宇做爲密林的話，那些攀爬、蜷縮在陰影中的美麗的島嶼族群，正打開十公克包裝的小盒，把紫藍色的粉末塞入鼻孔、耳朵、肚臍和肛門，他們全身如火一般燃燒起來，他們在如死的亢奮中擁抱和交配著，噴灑著嗜毒的精液和卵子。

「如果，這是最後一個熱烈的夏季……。」

他們在瀕死時流下滿是毒素的淚水。夏季仍然沉重遲緩如一首哀傷的輓歌。

輯八

不可言說的心事

我的愛侶，我當捨你的肉身而去嗎？
我仍然如此依靠著你的聲音，
你的形貌，你的思維與行動來寄託我的眷戀，
我如此難捨的深深的情愛，
我仍然記念著你身體中
不同於他人的氣息。

父親

父親在醫院急救的狀況，經兄姐們描述，我大約感覺到親人在肉身告別時的艱難。

我在父親熟睡的夜晚，獨自在地下室中誦讀《金剛經》，「一切有爲法，如夢幻泡影，如露亦如電」。這個經文的手卷是從唐代咸通九年的木雕版影印的，讀到卷末，有一行小字，刻著：「咸通九年，四月十五日，王玠爲二親敬造普施」。一千多年前，一個叫王玠的人爲雙親刻了這一部經，以後沉埋在敦煌的石洞中，一直到清末才被英國的考古學者斯坦因發現，帶到了倫敦，收藏在大英博物館中，做爲人類最早的印刷（西元八六八年）而被重視。

我在此時爲父親重病誦持《金剛經》，王玠在一千年前因爲什麼爲雙親刻了這一部經，註明「敬造普施」呢？在我盤坐誦讀的時刻，暗夜寂靜中逐漸有隱微的天光，並且有極輕微的些許鳥鳴，已昭告了黎明的來臨。「無有福德」、「不可思議」的句子交錯在我和王玠的心願中，度過漫漫長夜，漫漫的歷史，不過仍是盤坐誦讀經文，在生死中發願，在生死間焦慮、恐慌、傷痛、驚喜或期盼，卻又了無所得，無所從來，也無所去，我們只是受了驚慌而已罷。

明明讀到了「應無所住」，明明讀到了「無我相，人相，眾生相，壽者相」，我仍是如此貪著於人，貪著於我自己的存在，如此視眾生為眾生，貪著生命的永恆存留。

我讀懂的部分，恰是我貪著的部分。我的愛侶，我當捨你的肉身而去嗎？我仍然如此依靠著你的聲音，你的形貌，你的思維與行動來寄託我的眷戀，我如此難捨的深深的情愛，我仍然記念著你身體中不同於他人的氣息。肉身的存在的確定，你的撫摸起來有記憶的每一根髮絲，你的每一寸肌膚，你睡眠時低低的呼吸的鼾聲，「若以色見我，以音聲求我，是人行邪道，不能見如來」，我的愛侶，在那安謐的樹下，你的形貌，恍惚如日光中葉影的疏離，我不能確定，你的聲音，持誦的經文，交疊著好幾世生死間的呼叫、驚歎、哭泣和笑聲，那麼多的形貌和聲音的記憶更迭著，在這黑夜與黎明交會的時刻，又為何仍執著於以形相見你，以音聲聽到你我愛戀中的繾綣與纏綿啊！

——原載一九九七年一月《聯合文學》月刊

出走

一九九七年的七月，我離開了二十年未曾中斷的教職，回到青年時讀書的巴黎，租了一間畫室，畫了八張油畫。

對交通發達的現代人而言，到外地旅行，也許不是什麼值得一提的事；但是，我不認為這次到巴黎是「旅行」，我稱呼它為「出走」。

我害怕一種固定而且重複的生活。

我害怕自己的生命在固定而且重複的生活中變成一種原地踏步的機械式循環。

我看到許多人在還很年輕時就「老」了。「老」並不是生理機能的退化，而更是心理上的不長進，開始退縮在日復一日的單調重複中，不再對新事物有好奇，不再有夢想，不再願意試探自己潛在的各種可能。

他們還很年輕，但是他們在等著「退休」，接下來漫長的歲月，將是多麼倦怠而又無力改變的原地踏步啊！

我忽然有一種驚醒！

我要這樣地老去嗎？

於是我決定出走了。

從自己熟悉的環境出走，從日復一日沒有挑戰的生活出走，從別人認定你的定型的角色出走，走向陌生，也走向更廣闊的新的自我。

我選擇了巴黎，因爲那裡有我二十五歲沒有做完的夢。

二十五歲，我穿著一條破牛仔褲，一整天坐在塞納河的河邊看水，讀韓波（Rimbaud）的《醉舟》，憧憬十九世紀末憂鬱少年詩人看待生命的方式，激情，絕對的愛，知己，槍聲，出走與自我放逐，他們的生命一一變成了詩句，有歌，有淚，沒有在年輕時就「老」了，他背叛了體制，從自我出發，走向無邊無際的空白，孤獨又自負。

韓波至今仍沒有老去，他的詩句一代一代感動著對自己生命猶有憧憬的夢想者，可以如醉酒的舟子，航向漫天繁星。

我們也有過詩人像韓波那樣自我放逐，那樣不斷從原地出走，不是嗎？宋朝的柳永說：今宵酒醒何處？楊柳岸，曉風殘月。

一種酒醒時的蒼涼，一種酒醒時的孤寂，不知流浪的船流浪到了何處，一種淡然，一種自負，淡淡的春天破曉時分的風，淡淡的黎明前的一彎殘月。

我回巴黎去是想找韓波和柳永的，也許在長住了二十年的島嶼，覺得太大的寂寞罷，怎麼生命都不出走了？

二十五歲的時候在巴黎，很窮，很多夢想，可以一整天只啃一根長麵包，然後趕三場電影圖書館的柏格曼專題展，看到凌晨兩點，在清冷的夜晚沿著河走回家去，一地都是落葉，路邊睏睡的流浪漢擁抱著流浪狗睡著了。

二十五歲，很想畫畫，但是，顏料很貴，畫室也很貴，覺得專業畫畫是一種奢侈的夢想，只有偶爾到美術學院去找朋友，擠在學生畫室裡畫畫人體素描。

年輕時候的夢想是很容易淡忘的。

回臺灣以後，開始忙碌各種生活，在大學教書，編雜誌，逐漸好像也淡忘了曾經有過的奢侈的夢想。

在漸漸老去的年齡，才會忽然驚悟自己未做完的青春的夢想罷。

我打電話給巴黎的學生，我說：「想去巴黎畫畫。」

「很簡單啊！我們幫你找畫室！」他們言簡意賅地就做了結論，使我彷彿沒有了退路。

是的，出走唯一成功的祕訣是不要給自己有退路。

於是我帶了簡單的衣物，就出發了。

「工具不必帶，這邊都會準備好！」學生說，他們似乎知道人到某一個年紀會有多少猶疑與牽掛。

我的畫室在聖米契爾廣場，緊鄰塞納河，畫畫累了，走一分鐘到河邊，看河邊曬太陽的人和鴿子，以及近在三百公尺左右的聖母院高高的哥德式塔頂。

我的畫室是老馬房改的，這一帶在大革命前是貴族的邸宅，有高大的馬房，馬房高而且採光、通風都要好，和畫室需要的條件相似。

原來拴馬的槅槽，每一槅大概一公尺半至兩公尺寬，中間用粗厚的原木隔開，做成馬背式的弧型，改成畫室以後，每一槅間有一名畫家使用，和原來的空間使用差不多，只是原來拴馬，現在供人畫畫。

畫室在幢老房子的中庭後面，中庭陽光很好，大約早上八、九點後我到畫室，把面對中庭高大約三公尺多的門拉開，陽光就如同水一般瀉滿一室，飽滿的光線，映照在空白的畫布上，使人想畫畫了，使人想在那空白上留下陽光和陰影，留下時間靜靜移動的痕跡或聲音。

我大概工作到中午以後，才有其他人來畫室工作，他們來了之後，熱咖啡、切兩片乳酪，坐在中庭曬曬太陽，歎一口氣，跟我說：「巴黎沒有人像你這樣工作的。」

「我知道！」我笑一笑，繼續畫我的畫。

我知道我是在找回遺失在這個城市某個角落的自己，二十五歲未曾做完的夢罷，找得很急，彷佛再不去找是很大的遺憾。

如果生命沒有遺憾，是不是可以生活得從容一些呢？

抽完菸，喝完咖啡，烤了一小塊披薩，放在口裡慢慢品嘗，同室的畫友，又歎一口氣，彷佛日子悠長緩慢到了有點不知如何是好，她終於決定背起包包走了，離走時又告訴我：「巴黎沒有人這樣工作的！」

我仍然說：「我知道。」笑一笑，謝謝她的好意。

我算一算，在故鄉的島嶼，我有多少時間沒有眞正爲自己生活，有時爲了父母，爲了老師，爲了社會上既定的習慣，好像很認眞的活著，但又似乎都不是自己，那些大大小小的考試，那些分數，那些升學的成功與失敗，那些文憑與證書，它們究竟證明了什麼，證明一個生命更快樂一點了嗎？證明一個生命更幸福一點了嗎？

我們也許異常茫然了。

也許我們甚至很少去好好品嘗一塊披薩或乳酪的滋味，我們只是「快速」的吃，或者「吃到飽」，在食物裡強調「速度」和「飽」，是多麼悲慘的價值。一個歐洲朋友來了臺灣，忍不住問我：「臺灣爲什麼有這麼多『吃到飽』的餐廳？」

是啊！我忽然也被問住了，我們把「飽」做爲食物的唯一目的時，失去了多少食物可能有的快樂、滋味、感受。

但何止是「吃到飽」，在我們的一生中，升學、考試、升官、發財，不是一種模式的貪而無饜的「吃到飽」的翻版嗎？

但是，我一時停不下來了。

在離去的室友留下一聲意味深長的歎息之後，我繼續在畫布上畫著，一個豐滿而有點慵懶的婦人，斜坐在緩和的土坡上，後面是豔藍色的海洋和天，連成一片。那些不同藍色的顏料混合著，滲透到畫布的纖維中去，我感覺到畫布不再只是畫布，是許多糾纏的綿或麻的經緯，是一絲一絲彼此纏繞的線，它們中空的部分柔軟的部分，緩慢地吸收著顏料中的油，而我的畫筆，從動物身上取下的生命未曾消失的毛髮，彷彿一種記憶，彷彿一種呼喚，一次一次，撫觸著那糾纏著的纖維，它們開始彼此接納了，吸收了，融合了。

巴黎夏日的陽光緩慢的移動，中庭的光不再強烈如正午，一些斜射的光，柔和地拓在牆上，反射出每一扇窗戶的玻璃，好像一種對話。

看看錶，已經是晚上九點鐘，但正是夕陽最美的時候，我知道，走出中庭，打開大門，米契爾廣場上示威的青年、北非人的鼓聲、來往穿梭的遊客，都將使我一時陶醉於不克自制的繁華與狂歡中，但是，我仍珍惜這斜陽餘暉漸漸淡去的天光，在夏日傍晚將入夜的時分，看畫布上的婦人，彷彿即將睡去，即將有漫天星子移來此處，可以使入睡者滿足入睡，使我找回自己遺失的許多夢想。

在生命開始衰老的年齡，創作使我重新年輕了，我帶著一疊稿紙，一本素描本，走去天涯海角，覺得重新是那個二十五歲在河邊可以坐一整天的青年，讀詩畫畫，爲自己的幸福活著。

——原載一九九八年六月《張老師月刊》

不可言說的心事

——談《四郎探母》

從小在臺灣隨父母看國劇，當時的國劇，大都隸屬軍中劇團，每逢節日，都有一些演出，供民眾欣賞。記憶中，常常看到的戲碼，並不多見，總是幾齣老戲，看來看去，連孩子時代的我，都覺得有些厭煩了；例如，每逢國慶，或領袖人物的壽誕，總是演《龍鳳呈祥》，我稍稍長大之後，就對這種應景應酬，或者為了政治文宣，粉飾太平的戲，有一種反感。

記憶中，常常演出的戲目中，還有一齣，就是《四郎探母》。小時候看，其實不是很懂，先入為主的認為，《四郎探母》，就是一部宣揚「孝道」的戲，因為戰爭，和母親分隔兩地，舞臺上，一個長鬍子的男人思念母親，頻頻揮淚，痛哭失聲，小時候看，也覺得有一點誇張罷。我坐在母親旁邊，看到楊四郎探母見娘，跪在地上，叩拜母親，口中唱著「千拜萬拜，贖不過兒的罪來——」看到母親竟然也從皮包中找手帕拭淚，我不能懂的是爲什麼，但是，這些記憶，也許是我開始關心「四郎探母」或「楊家將」爲主題的戲，最早的開端罷。

胡地衣冠懶穿戴，每年的花開，兒的心不開——

其實眞正教會我看懂《四郎探母》這齣戲的，不只是母親，而是服兵役時認識的一些軍中的老士官們。服兵役的時候在鳳山，擔任陸軍官校的歷史教官，從小在臺北長大，第一次離開家，第一次接觸到和我的成長背景完全不同的另外一羣人。

我住在陸軍官校裡，幫忙整理校史，在殘破不全的資料裡看到一個軍事學校背後隱藏的巨大歷史的悲劇，二十幾歲，甚至不到二十歲的男孩子，與家人告別，在戰爭中死去，各式各樣的戰爭，和軍閥的戰爭，和日本侵略者的戰爭，和共產黨的戰爭，或者，搞不清楚和誰作戰的戰爭，他們死去了，我要在校史上爲他們立傳，長官指示我，在他們臨終捐軀時，要強調他們高呼：黃埔精神不朽，中華民國萬歲……

我在撰寫他們的故事，覺得歷史的荒謬，覺得撰寫歷史的虛僞，感覺到疲倦而沮喪的時候，走到校園裡，碰到一些老士官，他們站起來，「少尉好！」他們必恭必敬向我敬禮，他們的年紀比我大很多，臉上蒼老黧黑，我覺得有些不安，和他們一起坐下來，忽然聽到他們身邊的收音機唱著一句：「千拜萬拜，贖不過兒的罪來——」我心中一驚，面前這些面目蒼老黧黑，一生顛沛流離的老士官，他們的故事，彷彿就是楊四郎的故事，是戰爭中千千萬萬與親人隔離的悲哀與傷痛，不可言說的心事，都化在一齣「探母」的戲劇中。

我開始注意鳳山黃埔軍校的校園中，或者整個黃埔村新的眷村中，總是聽到《四郎探母》，總是聽到一個孤獨蒼老的聲音，在某個角落裡沙啞地哼著：「我好比籠中鳥，有翅難展，我好比虎離山，受了孤單；我好比淺水龍，困在了沙灘……」

我在整理黃埔軍校的校史的同時，開始和這些在各個角落聽《四郎探母》的老兵們做朋友，聽他們的故事。

一個叫楊天玉的老兵，山東人，民國三十八年，在山東鄉下，連年兵災人禍，家裡已經沒飯吃了，他的母親打了一捆柴，要天玉扛著到青島城裡去賣，那一年他十六歲，扛著柴走了幾天，走到青島，正巧碰到國民黨軍隊撤退，他說：「胡裡胡塗就跟軍隊到了臺灣。」

我算了一下，他跟我說故事的那一年是民國五十八年，距離他被抓兵，離開家鄉，已經整整二十年。

他說：「楊四郎十五年沒有見到母親，我娘呢，二十年了，也不知道我是死是活，是到那裡去了。」

另外一位姓張的老兵，四川人，第一次認識他，我看他的名字，他笑了說：「少尉，名字不重要。」我不懂他的意思，他也說：「不重要，不重要。」後來熟了，才知道他兵籍號碼牌上的名字也不是他眞正的名字，他說：「打仗啊，到處亂抓兵，軍隊都有一本兵籍簿，按著兵籍簿的名字發餉發糧發衣服彈藥，要是有一個兵逃跑了，就抓另外一個人來頂替。」這個姓張的四川人，逃了很多次兵，又被抓去做另一個逃兵的頂替者，他於是養成一種玩世不恭的調皮，總是說：「名字啊，不重要，不重要，楊四郎，楊延輝，不是也改了名，叫木易嗎？」

是的，許多有關《四郎探母》的細節，我是透過這些在戰亂中活下來的老兵讀懂了的，知道了爲什麼這齣戲可以歷經百年不衰，在人們口中一再流傳。

以後爲了歷史的癖好，去《宋史》中找楊業的傳，又找到鄭騫先生有關《楊家將演義》一厚本詳盡的考證，甚至，自己也做了不少卡片，準備寫有關楊家將歷史與通俗演義的比對，但是，不知道爲什麼，一想到那些老兵的臉，就忽然覺得一切歷史的荒謬，歷史上不會有一個叫做「楊天玉」的名字，整部黃埔軍校校史中沒有這個名字，但是他卻是我對戰爭的悲慘、歷史的虛假認識最深的人；就像在整部宋代歷史中，在宋遼交戰的歷史中，楊延輝是一個難以查證的人，但是，楊四郎卻爲空泛與滿是漏洞的歷史做了最眞實的補強。

從歷史上來看，《宋史》中有關「楊業」的紀錄非常簡略，這個五代時屬於北漢的將領，在宋代統一之後，歸於宋王朝，在雍熙年間，第十世紀的初期，因爲戰役，全軍覆沒，《宋史》上除了繼承楊業邊地軍功的兒子楊延昭（六郎）之外，並沒有涉及其他子嗣的紀錄。

因此，我們可以說，楊家將是從宋代以後，依據《宋史・楊業傳》的小引子，引發出了一套體系龐大的家族悲劇史。

這一套民間口述歷史，隨著不同的時代，以附加了當時社會不同的政治禁忌或政策，使楊家將的戲劇一再豐富，成爲足以反映民間心事的偉大創作。

關於楊家將中《四郎探母》這一部分的架構，可以看到隱藏著一種胡、漢矛盾的基礎原型。胡與漢，農業與游牧的民族，因爲生產型態的不同，產生了在中國北方長期的衝突，戰爭也自然成爲解決胡漢矛盾的要素，比較溫和的時代，則盡量避免戰爭，改用和親通婚的政策。

這個中國歷史上的基本原型，在《四郎探母》中被用爲戲劇的骨架，楊四郎代表了漢族，在與遼邦（胡）的衝突中，全家慘死，父親碰死李陵碑、大哥、二哥、三哥都壯烈犧牲，成爲胡漢對立，胡漢仇視的開始，有趣的是，第四個四郎，在傳統殉國的概念中成爲苟且偷生的背叛者，楊四郎一開始就扮演了顚覆中國儒家「忠」的角度，他改名木易，娶了遼的鐵鏡公主爲妻，夫妻和睦相處，生了孩子，十五年，唯一的遺憾，似乎只是思念母親。

把「忠」的概念移爲「孝」的眞情，《四郎探母》最初的動機其實已經違反了原來傳統中「移孝作忠」的大正統，我相信，這齣戲在清代產生，是有一定歷史背景的，滿清入關，努力調合胡漢的對立，從嚴厲的高壓，到溫和的懷柔，在舞臺上，我們看到楊四郎與鐵鏡公主相敬如賓，彼此恩愛，似乎也就解脫了胡漢嚴重的對立，國仇家恨，一旦化約成「親戚」，也就納入夫妻的恩情，化解了族群衝突的嚴重性。

如果《四郎探母》是清代官方的文宣，這種文宣是非常高明的，戲劇創作者抓到了人性的基礎，使人有機會超越現實政治的對立關係，從「人」的本性出發，使「人」可以互助互愛，不被團體（胡、漢）的族群分化限制，有更闊大的，也更健康的倫理態度。

鐵鏡公主是非常健康的角色，楊四郎的深情有極大部分來自這名健康女子的支持與鼓勵，在〈坐宮〉一段，楊四郎的自哀自歎被公主發現了，是公主鼓勵他，也用機智引帶出楊四郎的壓抑，在楊四郎透露眞正的身分之後，鐵鏡公主的反應極複雜，這是自己深愛十五年的男子，這又是殺死父親的楊家的子嗣，在政治對立，族群對立中，挑戰了鐵鏡公主的選擇，她也曾經憤怒地說：「報知母后，要你的腦袋。」在政治分離的時代，我們都知道，多少親人家族反目成仇，用殘酷的政治手段對付親人，但是，《四郎探母》委婉地使胡漢對立緩和，聰敏的公主，體諒四郎思念母親之情，也信任四郎一夜之間即刻回來的信諾，一切的行爲只在一種對「人性」的相信，對人與人深情相待的信諾，所以鐵鏡公主偷盜了令箭，幫助四郎出邊境，回家探母。

在臺灣與中國大陸政治分隔四十年後，探親令下，我在報紙上讀到，忽然憶起那些軍中的老友，不知道他們是否都在回家探親的路上，在家鄉的老家中長跪地上，或叩首於母親的靈前，心中仍是那一句：「千拜萬拜，贖不過兒的罪來——」

是誰扮演現代的鐵鏡公主，成全了這些現代楊四郎的回家探母，這將是下一齣《四郎探母》的戲中故事罷。

一九七〇年中期，我從法國回來，常去當時中華路的國藝中心看戲，看的仍然是《四郎探母》，仍然是已經年邁的老兵，好像不是因爲心酸，而是因爲眼疾，頻頻拭淚，台上楊四郎的戲詞，他們每句都會，跟著唱，我帶年輕的學生去看戲，學生們討厭老兵，嫌他們看戲沒有禮貌，臺上一唱，臺下也跟著唱，我卻心裡知道，他們已眞正是現實中孤獨悲苦，無家可歸的楊四郎，只是學生年輕，不知滄桑罷。

後來有一陣子，不知道爲什麼，《四郎探母》忽然被禁演了，在政治恐怖的年代，眾說紛紜，沒有人講出什麼道理，卻都在耳語著。不多久，又解禁了，甚至加上《新四郎探母》這樣的名字。我趕去看，看到探母見娘一段，照樣痛哭，照樣磕頭，照樣千拜萬拜，但是，拜完之後，忽然看到楊四郎面孔冷漠，從袖中拿出一卷什麼東西遞給母親，然後告訴母親：「這是敵營的地圖，母親可率領大軍，一舉殲滅遼邦。」

我看了大笑，政治的情治單位，無所不用其極，害怕老兵想母親、想家，在那個可怕的年代，想家都可以有罪，想念母親即是「通匪」，因爲母親已經被劃在「匪區」了。

楊四郎的故事沒有完，在人被政治扭曲的現實中，楊四郎必須是埋伏的情報員，負有諜報的工作，因此，一齣驚天地動鬼神的戲，忽然使人對楊四郎產生了空前的反感。

楊四郎如果是爲通報敵情而回營探母，他對母親無深情，對鐵鏡公主也無深情，楊四郎就只不過是一個徹頭徹尾的虛僞者，他不會在這個舞臺上受人認同，我看到一些剛揉完眼睛的老兵，忽然離座，他們走出劇院，他們走進繁華城市的荒涼夜色中去，他們舞臺上的楊四郎已經被政治污染了。

爲了政治的粗暴理由改動一齣長久在人們心中形成力量的戲，其實是愚蠢的，在政治的粗暴過後，我們看到分隔四十年、五十年的親人，在戰亂之後，有一種人對待人的眞情在慢慢恢復，在電視上，看到一名老兵跟在臺灣娶的妻子，回到鄉下老家，到了門口，淚流滿面，如何也不肯進門，結果是臺灣老婆大大方方進去，向一位蒼老顫抖頭髮花白的婦人一鞠躬，說：「大姐，妳不要怪他，他也離開妳二十年以後才跟我結的婚！」

不知道爲什麼，這些場面總使我想起楊四郎，想起那些在戰爭中被迫害的人，不像西方那樣懂得反抗迫害，不像西方那樣用激烈的方法控訴戰爭，卻用最委婉悲涼的方法說著人在戰爭中的受苦。

《四郎探母》其實是一齣反戰的戲，它以人的深情對抗戰爭、政治的殘酷。

四郎要見母親，是眞情，四郎恨遼國，是眞情；四郎愛鐵鏡公主，也是眞情；四郎回家，見到元配妻子孟夫人，覺得心如刀割，滿是愧疚懺悔，也是眞情；楊四郎所有的眞情糾結成他現世的矛盾，成爲一種難以言喻的哀傷，人們愛楊四郎，跟著他一起唱：「我好比籠中鳥，有翅難展飛」是每一個人都暗自覺得自己也有楊四郎同樣的矛盾，在現實充滿兩難的矛盾中，只有更多自哀自歎的自責罷。

楊四郎在舞臺上以暫時的團圓結束，但是楊四郎的悲劇並沒有結束，楊四郎的故事仍在世界各個角落，在戰爭與政治的迫壓下，每一日每一日的上演著，那些在與親人分離的歲月中，他們會永遠懂得《四郎探母》深情的眞義。

——原載一九九八年十月五日～十月六日《聯合報》副刊

羊毛

日光在沉厚的羊毛氈上漸漸消逝了。不是瞬間全部消逝，而是在一綹一綹一絲一絲的羊毛間一點一點地消褪。

羊毛如水紋，也彷彿在日光的流動裡活躍了起來。

這是曾經活過的一隻羊的皮毛。羊被宰殺了，洗淨了血跡，處理好傷口，經過硝製或曝曬，經過防腐，除臭或軟化的繁複手續；一張羊毛氈，擺置在客廳中，使人渾忘了它曾經是活著的一隻羊的一部分。

有機的生命變成無機的物質，無機的物質供養著有機的生命。我們怎麼去區分「有機」與「無機」的差異呢？

日光彷彿比我們更確定羊毛氈是活著的有機體，仍然需要愛撫、需要體溫，需要親暱和告別，需要眷戀，也需要孤獨。

只有人類的愛只是沾帶著血跡與殺戮的。

很早的人類就知道豢養羊群，爲的是汲取牠們的乳，是可以宰殺後食用牠們的肉，剝取牠們的皮，製作成衣服，褥氈或篷帳。

一個征戰歸來的帝王，睡躺在羊毛氈上。他在民眾和軍士的歡呼中進城。他時而從躺臥的姿態立起上身，舉手回答群眾的致敬。但大部分時間，他獨自陷於沉思之中。他戴著紫瑛石戒指的手，無限柔婉地撫摸著羊毛氈上細細的紋理。他感覺到羊毛在他指間的糾纏，感覺到紫瑛閃爍的寶石的光幽微地映照在潔白羊毛間詭密的變化。好像一種符咒，據說可以把死去的生命封存在咒語中，一旦咒語被破解了，生命便重新復活，被囚禁的身體也彷彿大夢初醒，開始轉動眼球，開始再一次感覺到肺葉中每一個細囊被清新的空氣充滿。感覺到原來乾澀的眼球四周滲溢出滑潤的淚液，感覺到死亡過的身體再一次復活的辛酸。

他躺臥在羊毛氈裡，他覺得群眾的歡呼是一片虛惘的大海，一波一波襲來，使他沉溺漂浮。洶湧澎湃的波濤，把他簇擁到浪的頂峰，又從高處摔下，破裂成幻滅的浪沫，迅急在旋渦中消失，無影無蹤。

羊毛氈鋪成厚厚的床褥。床腳是木雕塗金的獅腳。床頂有淺紫色的紗帳。透著薄薄的紗，夏日炎烈的陽光被篩成細密的一片光。他瞇起眼睛，使細密的紗帳下淺紫色的光被過濾成更微小的光點，蜉蝣於空中，可生可死，可以是有機，也可以是無機的存在。

他在軍士腳伕擡動床轎的動作裡，感覺到進城的大路被刻意整理過。剷除或塡平了凹凸不平的坑洞，用平整的花崗岩砌成，加上羊毛氈柔軟的厚度，他幾乎感覺不到一點點的震動。

他好像放任自己耽溺於一種安逸、慵懶，一種死亡般的遲緩與寂靜之中；任由那些喧鬧吵雜的呼叫聲變成虛惘的大海，而他在海底靜靜沉落，似乎與上面洶湧的波濤毫無關係了。陪伴他在深邃的海底緩緩沉落的竟然只是那一張潔白純淨的羊毛氈。

他把臉頰貼向那密聚如毛髮的羊毛深處，呼吸那一叢一叢毛髮中釋放著的活著的動物身體的新鮮濃郁的氣味。

他發現自己全身赤裸，那件披在身上的紫色的錦鏽的袍子不知何時失落了。連右手中指上那一枚紫瑛石的戒指也不知在何時丟失。這樣一個赤裸的肉體，彷彿解脫了一切人世的歡呼或咒罵，才開始回復成爲一個人；一個如初生嬰兒的肉體，在無邊無際的闃暗中沉落。

他伸手觸碰自己豐厚又柔軟的嘴唇。在冰冷的海水中依然感覺到燙熱的溫度，「那一定是血色豐沛的嘴唇罷！」他想起黎明玫瑰初綻時的那種紅；不像視覺，更多時候，他覺得那是一種慾望的傷口，在茫然的境域張口，在茫然的境域昂首企盼，在茫然的境域把最燦爛豐盛的生命獻祭給死亡。

他記憶起戰場的殺戮中，他的劍，刺進一個敵兵的胸膛。在驚愕的叫聲中，他凝視那傷口，在美麗飽滿的左胸的正中央，在那微微隆起的胸肌的頂端，偏離著圓圓一粒乳頭的左下方約一公分，那匕首彷彿刺入了一個急劇跳動的物體。匕首被那在劇痛中痙攣牽動的振動影響，微微地顫動著。他緊緊握住匕首的柄，而匕首的另一端是一顆跳動的心臟；劇痛著，又無比地亢奮著。在瀕臨死亡的邊界，才知道生的慾望這樣狂野強烈；匕首的兩端被兩種不同的力量握著，屠殺者和被殺者的對峙。他們如同在性的交媾中彼此凝視高潮的愛侶，「愛人的身體原來是匕首最好的歸宿。」他茫然地胡思亂想。拔出匕首，在傷口彷彿嘔吐一樣噴射出鮮濃的血汁時，他緊緊擁抱著那一刹那釋放出全部體溫的身體，緊緊緊緊地擁抱著，彷彿那是自己上一世的屍身。

我們都活在血泊中，各種不同形式的血泊，廝殺的血泊，或愛的血泊。

他把手指從嘴唇移到下頷，感覺一個即將三十歲的男子短而硬的髭鬚，像刺蝟的刺，從兩腮的邊緣一直延續到下巴。

他又移動著手指，從毛毿毿的下頷撫觸到堅實健壯的頸脖。他不喜歡柔細的脖子，他相信脖子的堅定和意志有關。他記憶起那遭受匕首殺戮的兵士，在死亡時，睜大了眼睛，他的脖子是挺直的，很清楚地透露著因爲運動而富於彈性的肌肉和筋骨。尤其脖子兩側向肩膀拉動的肌肉，像一種極具韌性的筋束，緊緊拉動著兩肩的肌肉的力量。

他隨著一張羊毛氈沉落到不可名狀的海域，記憶的海域，幻想的海域。

只有在那無邊無際的海域，他發現自己如此赤裸；如同那一張羊毛，因爲從某一個活躍過的肉體身上剝下來，有著特別潔淨的白。

他像浮沉於母體子宮之中，而那張羊毛，也如初生時的胞衣。

「只是太潔淨了。」

他在泅泳中拉動著腹股之間的肌肉，很清楚地感覺到從臀部帶動的力量。許多水流，也彷彿如一縷一縷的羊毛，從他的兩胯之間，從他輕柔的小腹及腿股之間迴繞。

羊毛有時漂浮到比較遠，好像水藻或白色的珊瑚，他並不刻意去靠近；但是水流的規則會使羊毛和他逐漸回流到一起，彷彿他們終究是不能分割的。

他無法了解生者與死者之間是否也是如此，無論漂流離散到多麼遙遠，最終還是不可分割的一個整體，宿命地依靠在一起。

古老的族人相信，殺死一個人或一個動物，那被殺的靈魂便依附在殺者的身上，成爲殺者的一部分。那死去的身體未完成的愛或仇恨也依附在殺者身上，要由殺者繼續去完成。

「所以，那死去的敵兵的愛與恨已經依附在我身上了。」他仔細用手諦聽著自己左側胸肌下一顆砰砰跳動的心臟。

好像那顆焦慮不安的心臟渴望著一把鋒利的匕首。渴望那匕首的尖刃緊緊插下最柔軟的內裡，而那些柔軟的組織便努力堅韌起來包裹著那冷冷的刀尖；那些燙熱的血液便一次一次，彷彿永不停止的潮汐，噬舔著匕首的形狀。

「匕首停留在心臟中的時刻，也便是我們相互瞪大了眼睛凝視對方的時刻。」

他回憶起一剎那間，那心臟透過匕首傳來的彷彿擂鼓的亢奮，刀柄在他手中劇烈顫動的時刻，被殺者的憂愁或狂喜已全部如符咒般進入他的身體。

「我是帶著你的憂愁與狂喜活著的。」

他回想起少年時族中的獻祭，他總是被父親命令去山野上捕殺最善奔跑的羊。牠們奔跑著，他也奔跑著，他勝過許多隻羊，一旦他超越過那幾隻羊，羊便跪伏下來，彷彿俯首認命，可以任由他宰割。

但是，他沒有忘記父親的訓示。

「一定是最矯健的羊，跑在羊群最前端的羊，才是神所歡喜的獻祭。」父親說。

他於是在石塊磊磊的山野坡地上狂奔，跳躍過所有被他的矯勇嚇得匍匐在地的羊群。他孤獨地向前奔去，朝向那遠遠跑在曠野前方的孤獨的羊。

「唯一的孤獨者。」

殺者和被殺者都是唯一孤獨的。

他在那一剎那，手指的指尖接觸到羊後腿的足踝，他感覺到把生命與速度爆發到極限的力量，僅僅是後蹄的一點點接觸，便彷彿被電擊一般使他全身震顫了起來。

他的全身向前衝刺，遠遠看來，他的身體和羊的身體是兩條水平線。像兩支向前射去的箭，在那一瞬間的接觸裡，他身手急速抓緊羊的足踝，然後，他們一起滾落在土坡上。泥土、汗、身體喘息時的氣味，劇烈的心跳，他們糾纏在一起，那賁張的羊的呼息使他像緊緊擁抱著自己，自己瀕臨死亡時那種急劇要掙脫的狂烈的震動。

羊最終被獻祭了，留下一張潔白的羊皮，只有他，記憶著羊的怨恨或自責活著；他的身上留著被殺者的符咒。

因此，當他和羊皮一起沉落於海底時，他嘲笑了愚庸群眾的歡呼，對他來說，他和死去的羊，以及死去的兵士，是同一個符咒裡的故事。

——原載一九九九年七月十八日《自由時報》副刊

少年集集

因爲地殼板塊擠壓，島嶼的中央有了一脈隆起的大山。大山上的積雪、泉水，融匯成河，浩浩湯湯。一出離大山，彷彿被平坦的原野土地挽留，蜿蜿蜒蜒，減低了速度，一味拖滯流連，在眾多大小卵石的河床間淺淺流過。

許多早期從西邊海岸平原登陸的移民，佔據了海岸線及河流出海口沖積扇一帶富有的土地，也佔有魚鹽和貿易的便利，形成人口較密聚的市鎮。

移民的過程中頗多械鬥。族群間爲了土地的佔有，往往聚眾鬥毆。男子執農具相互廝殺，殘酷的報復持續不滅，甚至到了購買槍械火藥，屠滅一個村落，女子嬰兒皆不能免。

弱勢的倖存者，或者遷往靠山區的人煙稀少處避難，或者在土地貧瘠處立足生根，企一飯之飽，放棄了爭奪。

在靠近山區的仄狹河谷兩側，也漸漸有了人口不多，生活幽靜儉樸的聚落。

數叢細長的檳榔樹散落在住家四近。夏季除了蟬聲，一片靜悄。因此一旦有外人靠近，黃狗從隱伏處突然跑出狂吠，使灶間正工作的婦人也從竹凳上立起，擦了一手的污漬，走到窗口，順著黃狗的叫聲，遠遠看去。田陌小徑上正走來三十多名年輕的學生，有說有笑，也有被黃狗嚇住不敢走上前的。

「小黃！」一個高個子男學生喝斥著黃狗。黃狗認出主人，即刻俯下身，搖尾擺頭，在主人褲腳處磨蹭示好。

（夢裡總是有一種驚恐，使我頻頻驚醒。當我忍住淚貼近你的胸前時，房屋彷彿崩裂般搖動著。我不相信，我們是在經文計算的毀滅中。我們是在毀滅中，雖然你篤定握著我的手，撫慰我說：一會兒就過去了。我仍然潸潸淚流滿面，想到：來日大難，口燥舌乾。想到這一次過去，毀滅仍在某處等待著我們。）

然而婦人打開了祠堂，在多年沒有特別供奉的神案上上了香。並且抱歉的說：「孩子都大了，結了婚，移居在大城市裡。鄉下的老屋子反倒荒涼了。」

「妳也常去臺北啊？」學生們問。

「住不慣啊！」婦人又抱歉地說。指一指高個子男學生：「他是老么，等他大學畢業了，也要到外地發展，這老屋就眞的剩我一人了。」

祠堂裡擺了三個圓桌，鋪著紅色塑膠布。每一桌十二副碗筷盤匙。我說：「一下來這麼多學生，把阿姆累壞了。」

「沒有！」婦人忙著倒茶，回頭說：「都是鄰近的歐巴桑一起幫忙的。她們還在廚房裡準備菜呢！」

果然大灶間裡熱呼呼地有五、六名婦人忙來忙去，見一大票學生來說「多謝」，扭怩不安地擦著一臉油漬的汗，堅持著要學生到庭院去玩，別擠在灶間了。

（我踱步的地方是在光亮與陰暗的交界嗎？我看見剝筊白筍的女人的手，在泡著水的鋁盆裡撈起一大把綠色的筍皮。她的手又以驚人的速度摺疊著冥紙，準確而毫不猶疑，那一疊冥紙，不多久就鬆鬆成為一落在風中搖晃的蓮花座。）

灶間有各種動物和植物的氣味。用大刀切著細嫩薑絲時的清辛，帶著芳甘的水氣。蔥是有著嗆味的，鋪在魚的腥味上恰巧綜合了。熱烈的花生油在大鐵鍋裡沸騰，一大把拍碎的蒜頭丟進去，蒜的辣沖被熱油炸成一陣焦香，一縷飛捲著的白煙裊裊散去，使灶間的氣味更混雜了。

也許是削去粗皮的絲瓜，透著如同蛇一般冷涼的體溫。但是砧板上一塊始終沒有被處理的豬肉，在仍透著血色的溫香香的木訥裡，彷彿回憶曾經有過的軀體，有過的痛或滿足的記憶。將被剁碎，或者切成薄片，或者斬成大塊？一旦沒有了可供回憶的軀體，它無辜而且茫然地坐在砧板上，等待下一種狀態。

（我們在等待那一種狀態呢？）

在那個叫集集的小鎮，我能夠記憶的還有你嗎？在飽足的飯後，我有些酒醉了。學生們躺在祠堂前的曬穀場數星星。我說：別做那麼庸俗的事好嗎？然後，有黃狗伏叫了，我被人扶站起來。他們說：你看！你看。

我看見闃暗的稻田（在暑熱消褪的夜晚透著彷彿熟飯的香味），稻田的田陌上遠遠閃著手電筒的光，一點一點，從散在田間的幾處走來。我聽到了婦人的框喝，聽到了此起彼落的招呼。婦人說：「都說我們家來了三十多個人客，被子一定不夠，各家便都打著電筒送棉被毯子來。」

（在地動山搖的時刻，少年，我覺得毀滅的時刻裡有過你深厚的照顧，有過香案上裊裊上升的煙篆的祝福，有過在巨大地殼移動板塊擠壓時不可遏止的淚水。如同剛剛出離千山萬山的濁怒的水溪，到了平曠的土地，有千般眷戀，有千般流連，有千般叮嚀，有千般纏綿。）

——原載一九九九年十一月十五日《自由時報》副刊

少年水里

老師父粗大的手在黃泥的圈窖裡攪拌，有時連腳也踩進去，一身都是泥。

「這一帶都做大缸，都是親戚，你們每家隨意看罷。」老師父跟大夥兒說。三十幾名年輕學生便散開了，三三兩兩在村落裡串出串進。

（我在那裡？在有寬大葉子的欖仁樹下坐著的一隻黃貓，彷彿笑著，眼睛眯成一條縫，顫巍巍的抖動嘴邊的髭鬚。我以爲牠守候的是一條等待剔食的魚骨，結果是一隻彩色粉蝶的屍體，被一群螞蟻悄悄擡著移動。）

黃泥被揉成一大團，像一尊佛，端端坐正在轆輪中央。老師父端詳著面前這一堆土，好像看著自己的一生。只有幾秒鐘，沒有幾個人發現，像是儀式裡最慎重的默禱。

儀式過了，他用右腳的腳掌在轆輪的邊緣一推，轆輪像著了魔似的飛快旋轉起來了。中央那一堆像佛的黃土也旋轉了起來。

老師父好像獵食的獸，一剎那間高聳起肩膀，兩隻粗厚的大手直直插入泥土中。（使我恍惚想起神話裡用手劈開海水的先知，原來有一種手的力量是可以移山填海的。）

在急速旋轉的泥土中，他粗厚的大手成為穩定的軸心。泥土柔軟濕潤，彷彿剛剛綻放的蓓蕾，一瓣一瓣向外展放張開。

（花是在急速的展放與死亡之間把自己完成的。）

泥土的形狀不斷改變，是在手的拉扯和擠壓間變化。但是因為速度很快，反而不覺得手在用力，只感覺到老師父寬厚的背膊都高聳拱起，好像力搏野獸般的用勁。他的手卻只是輕輕觸碰著泥土，泥土如同有了符咒的力量，開始向上旋轉。

一具大缸底座的容器空間逐漸形成了。底座直徑大約三十公分，器壁四周微微向外張揚，構成細微的弧線。

拉坏拉到大約三十公分左右，老師父停止了。他把推動轆輪的右腳擱下，兩手收回，安靜地端視著剛剛成形的大缸粗坏，和他的體形一樣，重大厚實，很難動搖。

「底圈要放在屋腳陰涼處陰乾，等土質穩定了，再用泥條盤築的方法接續上半部。」

老師父搬來一座已經陰乾好的缸底，另外揉了一團土。把土扯成手臂粗的泥條，在底座的上緣快速的盤築起來。泥條像蛇，盤踞而上，逐漸堆高，完成了一隻高有六十多公分的水缸。

「現在沒有人用這種大土缸了。滿街都是塑膠缸，又輕便，又便宜。」

老師父又一面修整缸緣的泥土，做出一圈弧形的器邊。又用蓆子襯墊在泥土表面，右手執木槌。輕輕在還潮濕的器表拍打，使原來條狀的泥土融和成一片，泥土表面也印上了一條一條編織的蓆紋。

「那爲什麼還要做？」

「不做這個，做什麼呢？」老師父攤開染滿黃泥的大手，憨直地笑著：「從十六歲學做缸，四十多年了，最盛的時候，一天做四百個粗坏，遠近都說是能幹的師父。」

他又揉了一堆土放在轆輪上，自言自語地說：「不做這個，做什麼呢？」

（黃貓身上有虎的斑紋。在螞蟻擡著一隻彩蝶的屍體移動時，牠瞇著眼，彷彿沒有看見，兀自笑著。紫色木槿花在夏日的風裡輕輕搖動。有人的聲音從窗口傳出，遠遠的，覺得是在斥罵孩子，又像是叮嚀丈夫到鎭上買什麼東西。黃貓豎起耳朵聽了一會兒，睜開眼睛，看著漸行漸遠的蝴蝶的屍體，也許是夏天午后常有的陣雨將至，遠處雲間傳來一陣陣低吼般的沉悶的雷聲。）

整個村落都是缸。大大小小的缸，重重疊疊，一落一落堆成山。有的用粗草繩綑紮，有的大大小小套在一起，歪倒了下來，砸碎了，壓裂了，散置在院落，街道，斜斜的山坡上。木槿一叢一叢開紫花，也夾雜著美人蕉，黃的紅的俗艷色彩，招來四處飛舞的彩蝶，鑽進花裡，蠕動著，吸食著甜膩的蜜。

十六歲一名姓潘的少年站在堆滿了缸的土坡上。手插在腰間，躊躇自滿地俯看濁水溪的源頭從高山間遠遠流來。夏季的河流露出大大小小的河床，河床上滿是卵石，叢生著雜草。水流不大，在卵石間形成清淺的水塘，牽牛的兒童仰躺在卵石地上看天上的雲。雲飄拂過的影子每一朵都像水牛的動作，而眞的水牛泡在水塘裡翻滾，使一塘水都變成黃泥般混濁。

從斜斜的土坡上下來，老師父肩膊間特別巨大的關節骨骼架子，特別厚實有勁的肌肉，使他走路的樣子也蹣跚如一頭身軀笨重的牛。他走進無數大缸堆到天際圍出的小路，他滿意地看著，一直堆到天頂都是缸，一直延長到天邊都是缸，他聽到大缸裡一些寄食的貓的爭吵聲，輕輕走近，一跺腳，把貓嚇得一陣煙逃竄而去。老師父獨自哈哈大笑，兩手插在腰間，又看了一次缸的上方一條窄窄的但顏色藍得彷彿滴出水來的故鄉的天。

——原載一九九九年十一月三十日《自由時報》副刊

少年白河

整排的芒果樹。粗大的樹幹，臨馬路的一邊，橫生的樹枝都被截斷。樹的枝葉集中在頂梢。隔著馬路，兩排樹梢連接成濃密的樹蔭。像一條綠蔭的隧道，把火烈炙熱的陽光篩成一小片一小片金色的圓點。騎腳踏車過去的中學生擡起頭，瞇著眼睛，看樹葉間隙中閃亮的金色圓點。濃密的樹葉間夾雜著一枝一枝向下垂掛的芒果。還很生澀的芒果，像一根一根手指，比樹葉的顏色淺一點，青青的，中學生嚥一下口水，好像感覺到青芒果辛烈的酸味。

（母親用淺青色的粉筆在白布上畫出幾條線。覺得不確定，又拿起來在女兒身上比一比。女兒的肩膀更寬了。她低頭偷窺了一眼女兒的胸部。忽然覺得兩頰發燒。好像害怕女兒發現自己臉上的紅暈，急急說：好了，去做功課罷。隨即用兩枚大頭針別在布上做記號。等女兒離開了，她拿著剪刀，望著兩枚大頭針發呆。「那是女兒的肩寬啊！」她兀自感歎著。一刀剪下去，聽到喀嚓金屬和布匹絞剪的聲音。白布剪成了一個人形，有領口，有兩肩，有腋下，有對襟的胸口，有她刻意絞成微微弧線的腰身。）

所以那個夏日的小鎮是妳初初長成的記憶。彷彿一把冰涼的剪刀沿著溫熱赤裸的肉體剪去。她感覺到剪刀冷冷地貼著肉，貼著頸脖和肩窩，微微的酥癢。她想笑，但又有點害怕。「母親的剪刀，會不會剪到肉啊！」她這樣想。母親似乎很篤定，用皮尺量了肩寬，量她的胸部。她呼吸急促起來，覺得皮尺繃得很緊，繃得透不過氣，覺得要窒息了，額頭上冒著輕微的汗。

（當父親漸漸走遠的時候，聽到母親那一架勝家牌的縫衣機格登格登響起來。縫衣機的針在布匹上嗒嗒嗒打下細密的針腳。）

「關於戶口稽核的事，派出所的員警在準備資料，日子確定了，先把通知發到每一戶去。」父親是小鎮上受尊敬的警察，他騎著腳踏車經過鎮上時，兩旁的攤販都向他致意：「李桑，坐一下。」

但是父親是道貌岸然的。他的老舊的卡其制服，黑色皮鞋，頭上的一頂大盤帽，都沒有改換過。他在小鎮上是不會改變的一個畫面。他騎腳踏車上班與下班的時間也都固定不變。他像一張照片，一直放在電視機上的一張黑白照片，有一天發現了，用手拂去上面的塵灰，才發現父親已經退休，已經逝世，穿著那一套卡其制服火化。

（「母親啊，小鎮什麼時候種起荷花來了。」）

好像在許多冥紙的火光裡飛升起來的荷花。一片一片，一朵一朵，一瓣一瓣，漫天飛揚開來。

路邊仍然堆著一埵一埵肥碩的芒果。青綠色的厚皮上滲出許多黑污的黏稠汁液，結成斑漬，非常黏手。採收的人一身都是芒果的氣味。他們脫去了上衣，身上皮膚曬得黑亮黑亮，在炎熱的季節，芒果的氣味和男人肉體上汗的熱味一同蒸騰著。一種強烈的夏天的氣味，一種原始的肉體的氣味。到處留著濃黃黏稠的汁液，留在白棉布衣服上，洗都洗不乾淨。

（她搓著肥皀，泡沫一堆一堆冒起來，水裡有肥皀的鹼香味，很像夏天冰在冰塊上的糯米粽子。而母親的剪刀剪到腰際了。冰冰涼涼的金屬，在那麼怕癢的腰的兩側貼著皮膚上上下下。「不要那麼貼身罷！」她央求著。「不要那麼貼身。」她希望自己是在肥皀泡沫中慢慢恢復清澄的河水。泡沫都流走了，河水漂著潔淨透明的白棉布。沒有一點污漬的白棉布，一個夏天的芒果和男人肉體上的氣味都流去了。）

「我要在下一個車站下車。」

他跨過一簍一簍的蓮蓬，裙子邊被竹簍掛著。她彎下腰解開。婦人忙移動竹簍，陪笑著說：「失禮，失禮！」

許多不認識的婦人坐在街邊。（如果這時父親騎腳踏車格登格登經過呢？）她看到婦人戴著斗笠，動作迅速地把蓮蓬剝開。蓮蓬中一粒一粒飽滿圓肥而且潔白的蓮子，好像洗完澡的肚臍，露著好奇似嬰兒的頑皮神情。

蓮子剝淨了，放在一隻大鋁盆裡。婦人們取笑著，說那像一粒姑娘的奶。一名閒坐無事的歐吉桑覺得這是淫猥而且不倫不類的比喻。婦人們因爲歐吉桑的憤憤，越發放肆爆笑起來，並向歐吉桑調情起來。歐吉桑生氣地離去。他一直走到荷花田的小路中。已經是夏末秋初，但是天氣依然燠熱。亮烈的陽光照在荷葉上，荷葉一片一片形成各種變幻不定的綠色的光影。蓮蓬已經採收了，但是似乎還疏疏落落開著一些艷粉色的荷花。花朵襯在綠色的荷葉上，隨風搖曳。歐吉桑咂咂嘴，好像要讚歎，也似乎找不到適合的句子，只好繼續站在花田間擡頭看荷葉的綠，花的粉紅，天的湛藍。

「怎麼荷葉都這麼高啊！」

一個中學生遠遠走來，白色的制服上映滿綠葉的光影。她喜悅地仰頭看上面重重疊疊的荷葉，忽然看到父親在花葉的另一端凝視著她，蒼老而且看起來有點怒氣的父親，她吃了一驚，把書包抱在胸前，趕緊擺擺手，她身後那正要說話的男學生便一溜煙跑了。

——原載二〇〇〇年三月《聯合文學》月刊

少年八里

颱風常常在炎熱持續很長一段時間之後突然來臨。

夏日午後，藍色的天空變得異常明亮，少數幾朵潔淨的白雲，飄浮在高高的天上，黃昏時分，西邊像火燒一樣紅通通的晚霞，使河邊的人都佇足凝望。

「要起風颱了。」上了年紀的石工看著天色這樣說。

空氣中有一種寧靜，除了電鑽孜孜鑽在石床上的聲音之外，甚至可以聽到一波一波撲向岸邊漲潮的聲音。

純淨的日光，使山的輪廓顯得清晰。山稜的每一個塊面，因爲日光的向背，產生光線強烈的反差。向光的面塊釋放出飽和明亮的綠，一種流動著的綠，彷彿融化成了稠濃的液體。

背光的部分則暗鬱沉重，近於墨黑，似乎躲在不可測知的深處，顯現了大山的神祕深邃。

（夕陽在山的背後，整個天空已經通紅了。山，因爲背向陽光，只剩一條稜線的光。山形陡峭，幾個秀麗的尖尖的山峰，看起來像人的側面，像額角，鼻頭，翹起的嘴唇，也像下巴。人們覺得這山的稜線像一尊仰躺的觀音，也因此爲山命了名字。）

這座山長久以來出產石材。黑色質地細密的石塊、石板，從山上開採下來，沿著山腳堆放。山腳一路可以看到大大小小的雕石工廠。大多以鋼鐵做骨架，建起結構粗壯巨大的廠房，上面搭建石棉瓦或鐵皮屋頂。

有些工廠裁切石板成大大小小的建材，用來提供買主修建墓壙，或鋪設地磚。有些工廠則經營龍柱、石獅的雕造，老師傅帶著數名學徒，從早至晚，叮叮噹噹，成爲一興盛的產業。

（他從石粉、石屑飛揚的廠房裡走出來。立刻感覺到夕陽的明亮煦爛。他不太能夠形容，但仍然深吸了一口氣，彷彿從肺腑深處讚美著：這樣的夕陽啊！）

他走到河邊，對著洶洶的大河小便。覺得河面有微微的風吹來，吹在他寬厚的胸膛上。他因爲每日打石勞作，胸肌和手臂、肩膊都結實飽滿。胸口密聚著細細的黑色石屑，混合著油膩的汗，一條一條，細小如溪流，涓涓滴滴，從鼓脹的胸脯匯聚而下，一直延伸到腰腹間的肚臍，好像一枚黑色幽靜的水潭。

河水漲潮時，一片一片的水，漫過河邊的土地，滲透進沙土的隙縫和窪洞，也漫過了大約一尺高的紅樹林。

紅樹林上結著一條一條像手指一樣的水筆仔。

（他無事時從水邊撈起一支水筆仔。把外面一層綠色的包膜撕開，窺探包膜裡一株已經成形的小樹。）

在海河交界的濕土地帶，潮水來去，使植物種籽難以固定在土壤中。水筆仔便把樹種在包膜中孕育成形。藉著水筆仔筆尖一樣的銳利，落下時可以直接插入濕土中，使小樹順利成長。

他剝開了水筆仔的包膜，把小樹拿在手中把玩。小樹稚嫩的根莖，在他粗糙長滿繭的勞動的掌上，好像期待呵護，渴望愛憐的嬰兒。

（它應該這樣成長嗎？或者它將注定在這粗糙的掌上結束尚未開始的生命？）

在一個徬徨的假日，他沿河岸走向海口。

許多從上游沖積在凹處的垃圾。

有斷頭斷腳的洋娃娃。

有死豬或死貓的屍體，使一群夏日蠅蚋嗡聚著，人一走近，便轟一聲散去。有單隻的皮鞋，歪扭著躺在泥濘中。

退潮以後的螃蟹便從皮鞋中鑽出，探出頭來，彷彿尋找著失落鞋子的腳踝和腳趾。他的每一根腳趾都被黑色的泥濘污染了，只露出一截白白粉粉的趾甲和趾頭。

（老石工說：這條河多年前常常漂來女人的屍體。在即將出海的河灣裡徘徊遊盪，不肯離去。也有女人身上還背著出生未久的嬰孩，張著彷彿猶在索乳的嘴巴，沒有長牙齒的嘴巴，看起來特別令人悽慌。）

所以，河岸長長的有八里那麼長嗎？都排列著上游人們的故事。他問：那女人是自殺呢？或是被棄屍？老石工沒有回答。只是喃喃自語，又要做風颱了。便擡頭看向那火紅紅的西邊的天空。

跨過一堆一堆的垃圾，他漸漸不覺得惡臭的氣味了。

從對岸有一艘機器馬達的船，來回渡著這一岸和那一岸的過客。

這一岸的過客常常是辦完喪事，踩著山腳下新墳土的黃泥，一臉沮喪，端著供品或神主牌，站在船頭上口中唸經文或咒語。

那一岸的過客多來吃孔雀蛤。看烈火中蛤貝張開，蛤肉和九層塔的菜葉及大蒜一起爆開辛辣刺激的味道。

（很長很長的一條紅雲，從這一岸一直拖到那一岸。一種很不甘心的紅色，一種很不甘心的糾纏，拖著、牽掛著、撕扯著，在老石工說的「風颱」要來之前。）他看到一塊標幟著「十三行遺址」的岸邊停止繼續走下去。

遺址中有一些方方的坑洞。坑洞裡一個側身蜷曲的白色的人的骸骨。旁邊還有一副一樣姿勢蜷曲的比較小的骸骨。（是小孩的骸骨罷？他這樣想。）

他不十分能夠了解註釋的牌子上所說「屈身側葬」的意思。

他走到一隻甕缸前，看著甕缸上陶土的質地和一些編織的蓆子或繩子留在表面的痕跡。

（如果有一個史前的坑洞是空的，或許我願意側身彎曲著身體躺進去，試一試自己身體的長度與坑洞的比例。也許那從史前一直空著的坑洞，才是我眞正應該誕生的母胎。我要使自己的身體越發像未出生以前的曲蜷在母親子宮中的樣子，我才能夠再一次回到你我相識之前的狀態。）

他如果在河岸上再走下去，便將看到即將登陸的颶風了。在晚雲都散去的時刻，他終於感覺到大地在風暴中微微震動的力量，彷彿他壓著電鑽的手，在巨大的石塊上的震動，他的每一塊肌肉都甦醒了起來。

——原載二〇〇〇年八月《聯合文學》月刊

輯九

情不自禁

「痛」是一種危險的警告，
「痛」使生物在毀滅的邊緣停住。
因此肉體上的「痛」是一種拯救。
而心靈和精神上的「痛」呢？
被各種慾望灼傷的心靈上的記號，
是比肉體上的痛更難以承受的罷。

大仙院

手被沸騰的水潑出燙傷了。

他起初一楞，並未感覺疼痛，倒是腦中閃過一絲惱怒，對於這樣容易潑灑出熱水的飲水壺的設計有一種抱怨罷。

沸水燙過左手掌的手背，一大塊如碗口般的紅腫即時在冒著熱氣中形成了。

他呆看了一會兒，一時不知如何處理。隨即想到含薄荷的涼性油膏或許有減少灼傷的功能罷。

他在手背上薄薄塗了一層油膏；而這時，火燒一般痛辣的感覺已在皮膚下如沸騰的水鼓動蔓延開來。

他從來沒有這樣感覺過身體某個部位如此眞實的存在。

拔牙也許有點近似。但拔牙時注射了麻藥，只感覺到一種沁入骨髓的謀殺般的聲音迫害著腦的思維。因此，拔牙是一種理智上的痛罷，好像是「知道」著痛而使腦中產生了恐懼。

然而皮膚上燙灼的感覺純粹是肉體上的痛，非常感官的痛。

「燙傷應該用冷水沖的。」Y這樣說。

他於是把手移到水槽中，用冷水沖著。

灼熱的感覺頓時減低了，冰冷的一絲一絲的水流，彷彿一種有薄薄鋒刃的刀，劃開皮膚，把火辣的痛釋放出來。

冰冷和灼熱交替著，肉體裡經歷著受傷和癒合，經歷著冷和熱，經歷著痛和安撫，經歷著毀壞和生成的過程。

他異常清醒地凝視著自己的痛，彷彿這痛是紛亂慾望裡肉體唯一的救贖。

「外面下雪了嗎？」他想到預定好的行程，想到寺廟庭園裡茶樹綠色葉子上夜晚被霜雪漬白的痕跡。

「沒有！」Y走來在他火燎一般劇痛的手背上吻了一下。

Y平日豐厚柔軟的唇，越發給他世俗的慾望的挑撥。彷彿那因爲不斷愛撫Y的肉體的手，因此在無度的慾望裡灼傷了。那一塊像火一樣燃燒起來的肉體，相對於其他身體的部分，成爲了唯一存在、渴望存在，劇烈慾望著的肉體。他幾乎要被這樣具體的肉體渴望感動而泫然欲泣了，但想到單純快樂的Y的興致，他便背轉過去，遮蔽了眼中的淚水。

空氣中有一些不易察覺的細雪，必須藉著陽光才看得見，像細小的昆蟲在空中飛舞著。

他把右手插在大衣口袋中取暖，灼傷的左手則暴露在冰涼的空氣中。凍僵的手上仍然間隔約莫十幾分鐘會有一陣劇烈的灼痛。好像許多血液洶湧而來，好像皮膚下微血管要腫脹爆裂了，每一個皮下的細胞都在撕裂。他很冷靜地感覺著那固定時間來襲的痛，以及痛到一定程度逐漸緩和下來的平靜。每當劇痛來臨時，他變得特別專注，好像古代爲理念殉道的剛烈之士端正凝視著酷刑一般，這比起來微不足道的肉體上的痛，也使他一時嚴肅了起來。

記得一位生物學家說過：生物最應該感謝的是痛的感覺；沒有「痛」，也就沒有生命的進展。

他大約了解這名生物學家的意思，生物的確因爲各種「痛」的經驗，才有了存活下來的可能。

「痛」是一種危險的警告，「痛」使生物在毀滅的邊緣停住。

因此肉體上的「痛」是一種拯救。

而心靈和精神上的「痛」呢？

只有人類或較高等的生物有著各式各樣心靈上的痛。被各種慾望灼傷的心靈上的記號，也像他手背上那燙辣撕裂的劇痛，是比肉體上的痛更難以承受的罷。

他逐漸知道了手背上痛楚襲來的時間，他用專注的精神上的強度迎接那肉體上的痛，他竟然感覺到自己精神強度凝聚成的一種飽滿的喜悅，一種精神上的滿足感罷。

這便是許多宗教中所說的那經由肉體的痛而獲得的精神上的信仰嗎？

他想念起中學時在寄宿學校禱告時面對的耶穌釘在十字架上的像。非常美麗而莊嚴的男體，手掌上有明顯的一根鐵釘穿過。這應當是非常劇痛的罷？一支鐵釘以巨力插入手掌的掌心，戮破皮肉，甚至釘碎了掌骨，牢牢地釘在木架上。然而，跪著禱告的學生，沒有人感覺到痛，沒有感覺到酷刑，耶穌的臉上安靜祥和，彷彿使祂整個肉體的痛變成一種精神的救贖。

在大德寺的大仙院，他和Ｙ跪坐在古岳禪師的塑像前，清晨的陽光斜射進門扉，照在Ｙ的後背和頸上。Ｙ從低矮的跪坐的姿勢，向上仰視著佛龕垂掛的幡幕裡禪師塑像的表情。

他悄悄把燙傷的手移向陽光，看到紅腫和微微起泡的現象，在明亮的光線下檢查自己肉體灼傷的痕跡，他彷彿聽到屋簷下水漏的雨滴緩緩流入屋角的土中。

「手中拿的什麼呢？」Ｙ這樣問，仍然保持著仰視神龕，像是祈禱的姿勢。

「是策杖罷。」他說。

「策杖？」Ｙ有些不解。

「禪師用來鞭策學生的，就是禪宗棒喝的功課。」他補充說。

他喜歡看Ｙ這種不自覺的虔敬的姿勢，不像他平日所熟習的飽滿豐厚的Ｙ的肉體，好像減少了一些官能上的慾望，使Y的臉上多了一種清明。

Y微笑著，似乎這樣跪坐著仰視一尊禪師的塑像，也給了他些許喜悅。陽光從他的後頸部緩緩移照在他右側的臉頰上。Y微笑著的柔軟而形態飽滿的紅色的嘴唇，使他想起昨日原院中不知道爲什麼經歷深冬而猶未凋謝的一簇特別艷紅的楓葉。

「啊——」Y聽到空中一種金屬的聲音：「響鐘了！」

「是磬罷！」他側耳傾聽留在空中久久不去的細細回聲。

空中的磬的回聲，手背上灼燒的痛的延續，榻榻米上陽光緩緩地移動，Y的美麗的肉體一寸一寸地離去，屋簷水漏雨滴流滲入土中……他茫然地想著感官上的事，好像是不捨、眷愛，以似乎只是參悟一種機鋒，覺得應該有一條策杖在身上重重一擊。

一名圓臉的少女引他們去飲抹茶。繞過方丈堂的後廊，右轉，透過一扇鐘形的窗，廊下一方小小的枯山水石庭，鋪著白石沙的庭院，梳出水紋，一艘船形石在水流中行過。

「船行江心。」他說。

「嗯？」Y或許以爲有什麼寓意罷，等待著解釋。

他卻只是望著那一方石庭發呆，從灼傷的手的指縫間看那石船，彷彿眞的在移動，沙石上的水紋也洶湧了起來。

圓臉的少女等他看完石庭，吃吃笑了起來。

她是一個長得很世俗的女子，和寺院的清淨空靈完全不相襯。塗了很紅的唇膏，淺紫色的眼影，在左唇下有一顆圓圓的痣，在她笑時，那顆痣就越發顯明跳動。

女子請他們在茶間坐下。從火爐上拿起黑鐵的水壺，把沸水沖進裝了綠色茶末的陶碗，用細竹篾編的小刷子用力在碗中攪拌，綠色的茶末浮起一層泡沫，使他想起夏日故鄉滿是浮萍的綠色水塘。

他啜了一口茶，舉起陶碗，看碗的外緣淡青色的釉。

女子看到他手背上起泡紅腫的灼傷，誇張地睜大了眼睛，流露出關心的表情。

他指一指火爐上黑鐵壺的沸水，指一指自己的手背，女子「啊……」的驚叫起來，隨即皺著眉頭表示著痛苦。

他對這樣世俗的關切覺得異常溫暖，「肉體上的痛還是比較引起關切罷……」他心裡這樣想。

「但是心靈上的痛呢？」他見Y走去遠方：「例如：親人的死亡、愛人的離去、戰爭或災難裡財物的消失、事業的挫敗、夢想與願望的幻滅，人在一生將要經歷的種種心靈上的苦痛，比起肉體上的痛，也許更難以承擔，也更難以被他人了解，更難引起關切，只是在孤獨中更無助地承受巨痛罷！」

他放下茶盞，凝視自己灼傷的手，彷彿在凝視另一處肉體上被慾望灼傷的不可見的痛。

茶間很小，鋪了紅色的毛毯，因爲矮几上火爐燒得很旺，室內頗溫暖，水壺中沸騰的蒸氣裊裊上升，他環顧了四周，室中沒有其他擺飾，只有入口的龕間，掛了一幅長條軸的草書，署古岳宗亘，是大仙院開山的祖師筆跡了，條軸下一張茶几，素淨的瓶中供著一枝白菊。

他等了許久，不知Y去了那裡。

從茶間出來，經過「船行江心」的石庭。走到廊道的盡頭，想廁所或許就在這一處。打開門，卻見到方才爲他們抹茶的少女與一名男子在暗處擁吻著。彼此都嚇了一跳，他匆忙把門關上，仍然看到女子左唇下那顆跳動的黑痣，在濡濕慾望的紅唇下，刺眼地留在他的視覺中，久久不去。

寺廟裡這樣安靜，方文室前的石庭只有冬日的陽光緩緩移動。他記憶起古岳禪師塑像嚴肅而又悲憫的臉，手中舉著長長的策杖，而Y虔敬如嬰兒一般微笑的側臉也在瞬間亮起的光線中出現。他伸手去觸摸那嬰兒般的臉龐，感覺到灼熱發燙的受傷的手，沾上了冰冷的在陽光中飛舞的細雪，彷彿一種安慰。

——二〇〇〇年二月．選自聯合文學版《情不自禁》

（本輯作品均選自《情不自禁》）

全日空

「全日空」。

他在這個使用漢字，但是意義常常大不相同的國度遇見了Y。

那天是冬季裡有陽光而又飄雨的天氣。歲末，許多人都慨慨地趕回家去；並沒有迎接新年的喜悅，反而是漫長的一年將盡時說不出的疲倦之感罷。

他從城市西邊一帶風景著名的丘陵由北向南走去。

經過一些古老的寺廟，他閒步逛了一回，好像張望一下神佛是否都端坐無恙。見一切如常，也就放心到寺院山後的參天竹林小路上去散步；聽竹林在風中緩緩相碰的空空聲，以及黑色烏鴉從古木上飛起呱呱的鳴叫。

接近黃昏的時候，嵐山山頭的厚厚層雲中透著一種很受抑壓的晚照的血紅色。知道是夕陽了，但全沒有霞彩的燦爛，倒是破棉絮堆一樣的雲層，悶著血色，覺得是受傷纏裹著紗布棉花的天空。「很苦悶悲慘的黃昏啊——」Y走到桂川水邊看縮著頸子睡眠的魚鷹，牠們任由河流中魚群來去，好像也沒有動念捕捉的殺機。

聽說這一帶是有溫泉的。他想，在這連牽著愛人的手都還寒涼如此的歲末黃昏，可以浸泡一次熱騰騰的溫泉將是愜意的事罷。

他便沿河尋找著懸掛有「湯」的招牌的浴堂或旅舍。

大部分店裡的女侍都無法與他有相通的語言。女侍們便在小便條紙上寫著「宿」「泊」「夕食」多少元，這樣簡單的漢字與價目，熱心地給他們意見。

但是他並不想住宿或晚餐。他只想浸泡在熱的泉水中，使自己冰冷的四肢可以恢復感覺，可以重新感覺握在掌中的愛人的手的溫暖體溫。

天色幾乎暗到難以辨識山峰的輪廓了。

記憶中夾在山峰間那一絲絲苦悶的血紅色也全部消失了，好像洗過的血跡，除了Y的記憶中存留著那些紅色，天空上已全是一片墨黑的光了。

他轉回桂川的岸邊，因爲寒冷吧，岸邊幾乎無行人。

「夏天時這裡是遊客眾多的地方啊！」他說。

「祇園祭時，人們會在岸邊以杉木片書寫亡故親友的名字，點上蠟燭，祝願之後，放在水中漂去，以召喚親友的魂魄。」

「一片明煌煌的燭光，在闃靜的河面上緩緩流去，覺得死去和猶活著的生命都在以同樣的速度如此流逝而去。」

所以他牽著Y的手走上了渡月橋，想在橋上看大河映照著燈的夜晚的波光。

「啊！你便是C先生罷！」

聽到那有些稚嫩的聲音時，他於是有些恍惚。

那像是從很久遠的前世的時間傳送來的招呼問訊的聲音。

「是啊——」C的恍惚使他一時不知措辭，他便說：「怎麼會在渡月橋相遇了。」

那只是一名喜好文學的T島來的青年罷，因爲意外的相遇，也有些靦腆。

Y則看著橋下流水，聽到某處教會慶祝耶穌誕生的平安夜的歌聲，快樂地說：今天是平安夜。他和意外相遇的青年以鄉音交談了幾句，覺得有許多話要說，但一時想不起來，也就互道再見，握手告別了。

「全日空」

兩天之後他搭機離開這個大量使用漢字的國度，在機場看到這樣的航空的名稱，覺得眞實的記憶似乎與虛構的故事已無法分辨了。但每次的記憶與虛構夢想並未使繼續下去的生活有任何遺憾，反倒是如同散步在渡月橋上那稚嫩的聲音與文學青年的臉，使他久久忘懷不去。

輯十

寫給 Ly's M-1999

Ly's M

愛無法被簡化，
我依然願意用一句一句的詩，
細細地織出我的思念；
我仍然願意回到畫布前，
一筆一筆，用最安靜眷戀的心，
重新創造出深藏在我心中你全部肉體與心靈上的完美。

帝國屬於歷史，夕陽屬於神話

向南飛行的時候，朝向西邊望去，雲層的上端是一片清澄如寶石的藍色，透明潔淨。在近黃昏的時分，低沉入雲層的太陽反射出血紅的光。襯托在湛藍純淨天空中的血紅，像一種沒有時間意義的風景；沒有歷史，沒有文明，只有洪荒與神話。

Ly's M，你想像過創世紀之前的風景嗎？

沒有白日與黑夜，沒有水與陸地，沒有季節與歲月。在一切還沒有被定名和分類之前，在那巨大的混沌裡，卻蘊蓄著無限創造的力量。「無，名天地之母」的時刻，我在那時，已注定了要和你相遇，在不可計量的時間的毀滅中，經驗愛、經驗相聚與分離，經驗成、住，也經驗壞、空。

在飛行緩緩下降的時候，這個長長地向南伸入海洋的如長靴一般的陸地，露出它美麗的海岸。在血色加重的夕陽中，慢慢看到了巨大高矗在廣大廢墟中斷裂的石柱，使人記起這裡曾經有過的帝國。

帝國屬於歷史，但是，夕陽屬於神話。

Ly's M，我對你的愛，你應該知道，將不屬於歷史，它將長久被閱讀傳誦，成爲一則神話。

在七座山丘之間，一對吸吮母狼奶汁長大的兄弟，建造了這座不朽的城市。

在用馬賽克拼聚成的圖像裡，可以辨認一些已經碎裂卻粗具人形的城市祖先。好像在逐漸被時間逼退的時刻，仍然頑固地對抗著即將來臨的消失的命運。

我在處處是廢墟的城市中行走，閱讀歷史，也閱讀神話。好像過去與現在並存著，好像祖先與子嗣同時存在，好像幽靈與血肉的身軀共同生活。歷史上謀殺的血跡，在柱石的廢墟間開成艷紅的花朵。所以，歷史更像神話，我們也仍然是嗜食母狼之乳的子嗣，有一切獸的品行，有熱烈的交媾繁殖與殘酷暴烈的屠殺。

帝國的故事便從交媾與屠殺開始了。

Ly's M，我坐在廢墟之中，思念你，如同思念這裡曾經有過的帝國。

你使我了解到歷史如此虛幻。當我依靠你時，也如同依靠著帝國的榮耀；或許，一剎那間，我們的愛也都將盡成廢墟罷。

但是，我還是藉著夕陽最後的光輝，在廢墟裡走了又走。行走在巨大的石柱間，那被夕陽的光線映照得更顯壯偉的拱頂，那石柱頂端雕飾華麗的莨苕葉形的柱頭，那些深凹的龕和深洞，原來有著人或動物活動的空間，好像挖去了眼瞳的空洞的眶，沒有表情地凝視著時光。

我確定你和我在一起，從那古老的神話開始，共同認識了星球、黎明和黃昏，共同認識了海洋和陸地的誕生，爲水藻與貝類選取了美麗的名字。當彩色的虹在雨後的天空出現，我們的愛有了最初的誓言。Ly's M，在尋找你的時刻，我要用閃亮如鏡面的黃金盾牌和彎曲的劍，通過許多妖魅的阻礙。但是，風聲和洪水使海峽的浪濤如此洶湧，我完全忘記，一片月桂葉可以如此篤定，渡我到你的岸邊。

我在廢墟中拾起一片枯黃的月桂葉，圓圓的滿月已經升在城市的上空，我知道此刻你在睡夢中有了笑聲。

我看到你完全看不到的宿命。看到你好幾次的死亡，看到我悲痛的哭泣。看到你被雕塑成石像，立在帝國的疆城之中；看到我的詩句銘刻在紀念你的碑文上。

然後我獨自坐在滿月的光華中走入橄欖林去。

許多自相交配的野貓在林中流竄。牠們灰色的眼瞳，輕盈如鬼魅的腳步，因爲微笑而顫動的觸鬚，都曾因爲你的寵愛而被我記憶。我如此清晰看見你在那冬日的樹下蹲伏著，用手來回撫摸那貓的背脊；我在那弓起的貓的背脊上看到你輕柔的手指。每一根手指我都如此熟悉，彷彿樂師們熟悉他們的琴弦。我靜默無語，覺得每一個滿月我都仍然在這片依靠著廢墟的樹林中等待你，等待你從一次又一次的死亡中走回來，如同往昔，在我枕畔呼吸。

這個城市，每在滿月，仍然可以聽到母狼的叫聲。

在蜿蜒的河流四周分布的七座山丘，據說相應著天上的七座星宿。所以地上的故事只是神話的另一種流傳，我如此一次又一次地閱讀你的面容，便是因爲那裡有一切神話的徵兆。

但是，你會走回來嗎？

在月光和樹影的錯亂裡，你可以藉著我的詩句，重新找到最初的起點嗎？重新戰勝那麼多次死亡的徵兆，在我悲傷的輓歌中，如一片新生的月桂葉，輕輕降落在我手中。

Ly's M，你無法理解了，你無法理解一種思念可以通過歷史，可以通過不可勝數的死亡與毀滅，可以通過最浩瀚的廢墟，使我再次如此眞實地看見你，如此眞實地站立在我面前，如此眞實地微笑著。

我從那些爲了銘記戰爭勝利的門下走過，走到曾經擁擠著人群的市集。從東方被帶來的奴隸和香料在這裡販賣，奴隸們信仰著不同的宗教，他們在被鞭打的時候，仍然跪著仰首禱告，祈求他們的神的賜福。

奴隸們被大批驅遣到巨大的圓型建築裡，被關在窄小的地牢中，等待節日時供野獸追捕吃食。這座圓形的巨大建築可以容納眾多的貴族觀賞奴隸們的死亡。各種酷刑，如同娛樂與遊戲，使奴隸們受虐的哭叫呻吟成爲節日慶典最豐盛的喜樂。

Ly's M，我們的祖先和我們一樣，有一切獸的品行。

在那奔逃哭叫的人群中，Ly's M，我，唯獨我，看見了你。看見你在襤褸衣裳下年輕的身體。看見你在酷刑的虐待中仍然完美的身體。看見你，在死亡的驚懼中，仍然沒有失落的信仰的容顏，如此純淨，使我落淚。

你使所有壓迫你的貴族黯然失色。在那時，我知道，一切深深射入你肉體的箭，都將一一折斷。而那些血如泉湧的傷口，也將如花綻放。有歷史不能理解的光輝將來榮耀你的身體。有新的宗教和新的信仰在你站立的土地上被尊奉和紀念。Ly's M，在那群叫囂的淫樂的貴族中，我是唯一看見你的死亡，並因此流淚的一名。但我仍然是他們中的一員，我仍然背負著使眾多的奴隸死去的罪行。在以後數十個世紀，將以思念你的酷刑流轉於生死途中，思念你、愛戀你，成爲護佑你的永不消失的魂魄。

在刑具仍被打造的年代，我已經偷偷在地窖中閱讀了信仰的經典，使我在眾多奴隸群中相信了愛與拯救的力量。我把經文編撰成簡單易懂並且美麗的詩篇，教會那些常常動搖了信念的徒眾，使他們相信在肉體的傷痛裡仍然可以保有心靈的喜悅與富足。

所以，在這個從神話到歷史的城市，人們可以再次了解，現世物質的繁華，權力的榮耀，並不如信仰那般堅固長久。Ly's M，我也因此確定，我對你的愛，單純到沒有故事可以敘述。我在物質和權力一貧如洗的境域愛上了你，這樣一貧如洗的愛，你可以接納，可以包容嗎？

是的，在走過帝國的廢墟之後，我知道，我是在一貧如洗中愛著生命的種種。在信仰的崇高裡，使自己回復成奴隸，乞求著眞正的解放、寬容、救贖與愛。

Ly's M，你使我鄙棄了自己貴族的血源，你使我第一次懂得了謙遜的意義。願意放棄現世的榮華，願意去揹負刑具，和奴隸們一同走向爲信仰受苦的道路。如此，我們才會通過一次又一次的死亡，再次相遇，再次以靜靜的微笑使對方相認。我們的愛是庸愚的俗眾不能了解的。

——二〇〇〇年一月·選自聯合文學版《寫給Ly's M-1999》

（本輯作品均選自《寫給Ly's M-1999》）

肉身覺醒

我不知道是遺失了你，或是遺忘了你。我無法聽到你的聲音，我無法看到你的字跡，得不到你的訊息，甚至不再能確定你是否存在；存在於何處？存在於什麼樣的狀態？

連我的思念也無法確定了。我開始疑問：我眞的認識過你，擁抱過你，熱烈地戀愛過你嗎？

你最後說的話彷彿是：「一切都如此虛惘。」

是什麼原因使生命變得如此虛惘？親情，友誼，愛，信仰與價值，在一刹那間土崩瓦解。Ly's M，在那最虛惘的沮喪裡，我們還會記憶起曾經彼此許諾過的愛與祝福嗎？

我行走在烈日赤旱的土地上。大約是高達攝氏三十七、八度的高溫。漫天塵土飛揚。我感覺到皮膚被陽光炙曬的燙痛。眼睛睜不開，日光白花花一片。我覺得在昏眩中彷彿有一滴淚水落下。落在乾渴的土中，黃土上立刻有一粒濕潤的深褐色斑痕。但隨即又消失了。塵土飛揚起來，很快掩埋了斑痕；也許只有我自已仍記憶著有一滴淚落在某一處乾旱的土中罷。

我走在熱帶叢林裡一座被遺忘了數百年之久的古城廢墟中。Ly's M，我的心和這古城一樣荒蕪。石柱傾頹，城牆斷裂，藤蔓糾纏著宮殿的門窗。我在廢墟中尋求你，尋找曾經存在的繁榮華麗，尋找那曾經相信過美與信仰的年代。

這個城叫做「安哥」，在十世紀前後，曾經是眞臘國繁盛的王都所在。賈雅瓦曼王修建了方整的王城，有寬廣的護城河，架在河上平直的石橋。石橋兩側是護橋的力士與神祇，抓著粗壯的大蛇的軀幹，蛇身也就是橋邊的護欄，橋端七個大蛇頭高高昂起，雕鏤精細，栩栩如生，使人想見繁盛時代入城的壯觀。

城的中心有安哥窟，「窟」從當地「WAT」的發音譯成，原意應該是「寺廟」。

這是被喻爲世界七大奇景的建築，一部分是城市，一部分是寺廟；一部分屬於人的生活；一部分留給神與信仰。

寬闊的護城河，有一級一級的臺階，可以親近河水，水是從自然的河流引來，繞城一周，好像河水到了這裡也徘徊流連了。

河中盛開著蓮花，粉紅色和白色兩種。白色的梗蒂都是青色，常常被縛成一束，供在佛前。

男女們都喜歡在水中沐浴，映著日光，他們金銅色的胴體，也彷彿是水中生長起來的一種蓮花。

幾乎長年都有富足的陽光和雨水，人的身體也才能如蓮花一般美麗罷。男女們在水中詠唱，歌聲和流水一起潺潺緩緩流去。小孩們泅泳至水深處，把頭枕在巨大的蓮葉上，浮浮沉沉。他們小小的金色的身體晃漾著，好像期待自己是綠色蓮葉上一粒滾動的水珠。

水珠在一片蓮葉上是如何被小心翼翼地承護著。風輕輕搖曳，似乎生怕一點點閃失，水珠就要潰散失滅了啊！Ly's M，你知道，我如何也時時在謹慎祈祝中，害怕失去你，害怕你會在一剎那間消逝，如同那潰散失滅的水珠，我再也無處尋找。

「一切都如此虛惘。」

Ly's M，什麼是不虛惘的呢？國家、朝代、繁華，城市，以及蓮葉上明亮晶瑩的一滴水珠。

我在這個荒廢於叢林中的城市中尋找你。一塊一塊石砌的城牆，因爲某一天一粒花樹的種籽掉進了隙縫，因爲充足的雨水和陽光使種籽生了根，發了芽。花樹長大了，鬆動了城牆的結構。石牆被苔蘚風蝕，被藤蔓糾纏，被植物的根侵入，石牆崩坍了。最後巨大的城市與宮殿被一片叢林淹沒。蛇鼠在這裡竄跳，蜥蜴和蜈蚣行走在廢棄的宮殿的長廊上。Ly's M，經過好幾百年，當這座城市重新被發現，到處都是蜘蛛結的網，每一個角落都麇集著腐爛發出惡臭的動物敗壞的屍體。

「一切都如此虛惘！」

Ly's M，我們將任由內在的世界如此壞敗下去嗎？你知道一切的虛惘可能只是因爲我們開始放棄了堅持。

我們光明華麗的城被棄守了。

我們放棄了愛與信仰的堅持。

我們退守在陰暗敗壞的角落，我們說：「一切都如此虛惘。」

我們曾經眞正面臨過歷史、生命、時間與存在最本質的虛惘嗎？

當我緊緊地擁抱著你的時刻，我知道那是徹底虛惘的嗎？你的富裕的肉體，你的堅強的骨骼，你的飽滿的渴望被愛撫與擁抱的肌膚，你的熱烈的體溫，你大膽表示著慾望的眼睛，你豐潤鮮紅的嘴唇，你的亢奮起來的身體的每一個部位，Ly's M，我在那激動的時刻，覺得眼中充滿了淚，因爲，我每一次都經歷著一種眞實，也經歷著一種虛惘。知道你的肉體和青春，一如朝代與城市的繁華，一旦被棄守，就將開始敗壞凋零，一旦喪失了愛的信仰，就將發出腐爛的氣味；一旦把自己遺棄囚禁在窒悶的黑暗中，紛亂的蛛網就將立刻在身體各個角落結成窠巢了。

Ly's M，你眞的看到過虛惘嗎？

蓮花池的水乾涸了。蓮花被雜草吞沒。許多肥大的鱷魚在泥濘中覓食。枯木上停棲著幾隻烏龜，伸長了頸項，凝視著暴烈的陽光，一動也不動，彷彿牠們預知了虛惘，預知了生命與死亡沒有差別的寂靜狀態。

你還要看更虛惘的景象嗎？

那些用石塊堆疊到直入雲霄的寺廟的高處，高達數丈的巨大佛頭，崩散碎裂了，仍然可以看到維持著一貫笑容的嘴角微微上揚，那樣寧靜端正悲憫的笑容，Ly's M，如同你在某一個清晨對我的微笑，而今，我應該了解，那一切不過是虛惘嗎？

這裡不只是一個傾頹的宮殿，這裡是一個棄守的王朝，一個棄守的城市。因爲敵人的一次入侵，他們忽然對自己的繁華完全失去了信心。他們決定遷都，他們決定離開，他們無法再面對現實中困難的部分。他們跟自己說：「放棄罷！」於是這個繁華美麗的城市便被棄置在荒煙蔓草中了。

Ly's M，我們也要如此離棄愛與信仰嗎？

我走在這廢棄荒蕪的城市，彷彿每一個巷弄都是你內在的心事，糾結纏繞在藤蔓，野草，蟲豸和頹圮的石塊中；但我仍然走進去了，走進那幽暗的，閉窒的，微微透露著潮氣與霉味的幽深而複雜的巷弄，看一看這個城市被棄守之後的荒涼。

Ly's M，我們的愛第一次如此被棄守了，如一座荒涼的城。

我攀登到城市的最高處，冒著傾頹崩垮的危險，爬上陡峭高峻的石階，在斷裂，鬆動的石階上一步一步，渴望到達最高的頂端。那在遙遠的高處向我微微笑著的佛的面容，祂閉著雙目，但祂似乎看得見一切心事的悲苦。

「祂看得見嗎？」

同行的一名穿黑衣的德國青年尖銳地嘲諷著。

是的，Ly's M，祂看得見嗎？

我們無法了解，爲什麼盛放的花趨於凋零；我們無法了解，輝煌的宮殿傾頹成爲廢墟瓦礫；我們無法了解，青春的容顏一夕間枯槁如死灰；我們無法了解，彼此親愛卻無法長相廝守；我們無法了解，侮辱、冤屈、殘酷有比聖潔、正直、平和更強大的力量。

「祂看見我們看不見的。」我想這樣說，但我看著那穿黑衣的青年憤懣的表情，心中有了不忍。

我們或許還活在巨大的無明之中罷。我們無法知道愛爲何變成了冷漠，信任變成了懷疑，忠誠變成了背叛，關心變成了疏離，思念與牽掛變成固執在幽閉角落的自戕的痛楚。

我在瓦礫遍地、蔓草叢生的廢墟中思念你，Ly's M，如果這個城市是牢固的，它爲何如此荒蕪了？我們的愛，若是堅定的，爲何如此輕易就消逝斷絕了？

我要藉著你參悟愛的虛惘嗎？如同歷史藉著這城市參悟了繁華的幻滅。

那豎立在城市最高處的巨大佛像，仍然以靜定的微笑俯看一切。

「祂看得見嗎？」

在我攀登那長而窄的階梯，幾度目眩、幾度心悸、幾度腿軟，在放棄的邊緣，也許是那名穿黑衣的青年一句憤懣的話語，使我安撫了急促的喘息，安撫了躁動起來的心跳，想看一看信仰的高處，究竟看到了什麼，或看不到什麼。

Ly's M，我走在步履艱難的階梯上，想遺忘你，想停止下來，不走了，想退回去，退到不認識你的時刻；想告訴自己：一切究竟只是虛惘。

在炎炎的烈日下，我汗下如雨，氣急心促，淚汩汩流溢。Ly's M，我看到許多無腿無臂的軀幹，張著盲瞎的眼瞳，喑啞著聲音，乞討著一點錢和食物。他們布滿嗡聚在一級一級的台階上。他們匍匐著，在臺階上如蟲蛆一般蠕動。他們磨蹭在石塊上留下的斑斑血跡，重重疊疊，好像繁花、好像朝代的故事，一路塗抹在通向最高佛所的路上，而佛仍如此靜定微笑。

「祂看得見嗎？」

我大約了解了那穿黑衣的青年苦痛的吶喊了。

八百年前這個城市被棄守了，他們害怕鄰近強大起來的國家。他們把國都搬遷到河流下游去，重新興建了宮室。但是戰爭並沒有因此停止，災難在數百年間如噩夢一般糾纏著這個似乎遭天譴的國家。

廢棄的王城牆壁上浮雕著載歌載舞的女子。她們梳著高髻、戴著寶冠。她們流盼著美麗的眼神，袒露著飽滿如果實的胸脯。她們腰肢纖細，如蛇一般微微扭動。裸露的手臂和足踝上都戴著飾滿鈴鐺的金鐲飾物。一旦她們輕輕舞動，整個寧靜的王城的廊下便響起了細碎悠揚的樂音。她們豐腴的肉體在岩石的浮雕中散發著濃郁的香味，穿過幽暗的長廊，彷彿述說著一次又一次毀滅與戰爭的故事。她們對毀滅無動於衷，她們自己也常常缺斷了頭臉，或者眉目被剷平了，或者因爲宮殿結構崩塌，她們的身體也分裂開來，變成被肢解的肉體。

Ly's M，許多人來到這裡，是爲了觀看及讚歎八百年前王城偉大的工程和雕刻及建築藝術的華美精緻，那些因爲年久崩頽而肉體分離的美妙的天女浮雕的舞姿，雖然殘破，仍然使觀賞者嘖嘖稱奇。

那穿黑衣的德國青年從遙遠的地方來，也是爲了欣賞久聞盛名的藝術之美罷。但是，他似乎被另一種畫面震驚了。他們看的不只是一個古代王城的崩潰瓦解，他看到每一個王城廢墟的門口擁集著在戰爭中炸斷手腳，被凌虐至眼盲、耳瞎、面目全非的各式各樣活人的樣貌。他們匐匍在地上，向來至面前的遊客們磕頭，求乞一點施捨。瞎眼的口中喃喃說著：謝謝，謝謝。喑啞的喉頭咕嚕著如被毒打的狗一般低沉而模糊不清的聲音。炸斷了手腳的，如一個怪異的肉球，在遊客的腳下滾動攀爬，磨蹭出一地的血跡。

那穿黑衣的青年被眼前的景象震嚇住了，他或許覺得「人」如此存在是一種恥辱與痛苦罷。如果「人」是可以如此難堪卑微如蟲蛆般活下去，那麼，那些宮殿牆壁上精美的天女舞姿，那些據說花費上萬工匠精心雕鑿的美術傑作，又都意義何在呢？

大河混濁著黃濃的泥沙，像一條泥濘之河，漂浮著腐臭的動物屍體和污穢垃圾，但是仍然洶湧浩蕩地流下去。

Ly's M，我們會不會陷溺在這條泥濘的大河中，一切已開始腐爛敗壞，卻又不得不繼續無目的地隨波逐流下去。

不知道爲什麼，我恐懼你失去純樸美麗的品質，遠甚於我恐懼失去你。

我們若不認眞耕耘，田地就要荒蕪了。如同這樣華美繁榮的城市，一旦被放棄了，就只是斷磚殘瓦的廢墟。

我恐懼自己的改變，恐懼自己不閱讀，不思考，不做身體的鍛鍊與心靈的修行，失去了反省與檢查自己行爲的能力。在鏡子裡凝視自己，看到肉體日復一日衰老，但仍能省察堅定的品格與信念，如同對你如此一清如水的愛戀。因此，我並不恐懼失去你，我恐懼著我們的愛戀也像許多人一樣變成一種習慣，失去了共同創造的意義，變成一種形式，失去了眞正使生活豐富的喜悅。

Ly's M，一個城市，沒有努力活出自己的勇氣，卻以談論他人的是非爲口舌上的快樂，這個城市就不會有創造性的生活，也不會有創造性的文化。

但是，我要如何告訴你這些呢？我要如何使你在如此年輕美麗的歲月，不會掉進那些自己不快樂，也不允許他人快樂的愚庸的俗眾的腐爛生活中去呢？

我凝視你，我想辨認我一向熟悉的你最優美的本質。我看到你在說話，蠕動的下唇上有一粒白色的膿點。我忍不住伸手輕輕觸碰。我說：「上火了嗎？」

你被突如其來的動作打斷，呆了一會兒，靜下來，不再說話，但也彷彿一霎時不知道要說什麼。

「痛不痛？」我問。

你仍然沒有回答。

突然的靜默橫亙在我們中間。

靜默似乎使人恐懼，但是，其實生命中靜默的時刻遠比喋喋不休的習慣重要；愛情也是如此，沒有靜默，是沒有深情可言的。

我思維著我們之間的種種：愛、思念、慾望、離別的不捨、眷戀與依賴，但是，我們似乎也忽略了，各自在分離的時刻一種因為思念與愛戀對方而產生的學習與工作上的努力；在身體與心靈的修行上，我們都以此自負地進步著。如同每一次久別重逢，我們長久擁抱，在渴望對方的身體時，我們或許也是渴望著藉此擁抱自己內在最隱密、最華貴、最不輕易示人的崇高而潔淨的部分罷。

我是如此眞實而具體地愛戀著你。因爲愛戀你而使得生命變得充實而且有不同的意義。在圓月升起的夜晚，我低聲讀給你聽新作的詩句；在潮汐靜靜襲來的清晨，看黎明的光從對岸的山頭逐漸轉亮；在全麻的畫布上用手工製作的顏料，一筆一筆描繪你的容顏；在世界每一個城市的角落思念你，彷彿你一直近在身邊，是孤獨與寂寞時可以依靠的身體，也是歡欣喜悅時可以擁抱的身體。Ly's M，你對我如此眞實而具體，從來不曾缺席過。

你曾經擔心我在長久的旅途中因爲想念你而孤獨，寄來了裸身的照片。那些照片是美麗的。但是，Ly's M，我無法在照片中想念你。照片裡沒有你熱烈的體溫，照片裡無法嗅到你如夏日土地一般曠野的氣味。照片裡也沒有使我感覺到你如同退潮時逐漸新露出來的沙地一般平整細緻的肌膚的質地。Ly's M，愛無法被簡化，我仍然願意用一句一句的詩，細細地織出我的思念；我仍然願意回到畫布前，一筆一筆，用最安靜眷戀的心，重新創造出深藏在我心中你全部肉體與心靈上的完美。

在我的思念和眷戀中，你不曾缺席過。

在走過最悲苦的土地時，都因爲有對你的愛戀，使我相信一切人世間的境域都將如你的心地一般華美充實。

許多乞丐像覓食的蒼蠅，麇集在外來的觀光客身旁。觀光客不斷掏出錢來，他們給著給著，從原來真心的憐憫悲哀，變成厭煩，變成憤怒。他們似乎憎恨著自己的無情，「怎麼可以對人間的苦難視而不見呢！」他們在心裡不能饒恕自己。但是在戰爭中的受虐者實在太多了，那些無人照顧的孩子，三歲四歲，像被遺棄的狗，髒臭醜陋，圍繞在觀光客前：「一元，一元」，用怪異的英語重複著同樣的詞彙。

觀光客掏光了所有的零錢，但是他們仍然不能饒恕自己，他們的慈悲，他們的人道主義都被這樣一群一群多到無法計算的如棄狗一般的小孩弄得狼狽不堪。

原來慈悲這樣脆弱，原來人道主義如此不堪一擊。

那穿黑衣的德國青年頹喪地依靠著一段牆，無奈地含著眼淚。而那如覓食蒼蠅的孩童仍然緊緊圍繞著他：「一元，一元」，他們使所有生存的尊嚴與意義完全瓦解，他們只是那麼具體地告訴人們活著的下賤、邋遢、卑微，無意義。

我們的信仰都被擊垮了，如同一座被棄守的城。

Ly's M，我徹底虛惘沮喪的時刻，流著不能抑止的眼淚，一次又一次呼叫你的名字，彷彿那聲音裡藏著唯一的救贖。

記不記得，有一次我跟你說：「前世我們一起讀過一段經，這一生就有了肉身的緣分。」

我相信這肉身中有我救贖自己的因緣。

在酷旱的夏日，我在心中默唸著經文的片段，走到巨大如傘蓋的樹下靜坐。靜坐之初，許多動念，包括額上滴下來的汗水，包括你時時浮現的眼眸和嘴唇，包括嗡嗡在耳邊旋繞不去的昆蟲。感覺到閉目的靜默外陽光搖晃閃爍，感覺到肉體如此端坐裡諸多慾望的紛擾，感覺到心事如此靜定，而思緒繁亂，彷彿時時都在放棄與崩散的邊緣，要在一念的專注裡更恆久堅定守護，才不至於在半途的虛惘中功虧一簣。

Ly's M，你不會了解，你是幫助我守護愛與信念的力量。

在我重新從靜坐中回來時，已是黎明初起的清晨。淡薄的霧氣在樹林間緩慢消散。初日安靜的陽光一線一線在枝椏和葉隙間亮起。可以聽見遠處的河流上有了早起浣洗衣物的婦人，在水聲和歌聲裡工作，把長長的絳紅色的布匹在河水中漂洗。當我從意識中覺醒時，沉睡的肉身的每一個部分也才慢慢甦醒了起來。視覺微微啓明，有光影和形狀以及逐漸鮮明起來的色彩。我靜靜轉動眼球，感覺視網膜上開始映照意識的層次。我俯耳諦聽，在晨風徐徐裡，即使鳥雀紛雜的吵鬧啼鳴，也不曾遮蔽我如斯清晰地聽到你此刻仍在酣睡中的微微鼻息，聽見你在夢魘中怔忡掙扎。而我持續唸誦的經文，終於使你遠離夢魘驚懼，在清明醒來前的一剎那間有了思念我的滿足的微笑。

我感覺到呼吸在鼻腔到肺葉中輪替的秩序。是肺葉中許多許多細小的空間，從完全的空，開始慢慢被吸入的氣體充滿。那帶著清晨杉木與泥土清香的空氣，如此飽滿而具體地使整個胸腔充滿。彷彿潮水滲入沙地，每一個空隙都完整地被流溢充滿，到了沒有餘裕的空間。一種在飽滿的幸福中緩慢地釋放，每一個空隙徐徐呼吐出細細的氣體。每一個空隙還原到完全空的狀態，好像瓶子被注滿水，又把水徐徐倒出。Ly's M，瓶子在被注滿時的幸福，以及瓶子在等待被注滿時完全虛空狀態的幸福，也許是兩種不同的喜悅罷，如同我在擁有你和渴望等待你是兩種不同的快樂。

我感覺到輕觸上頜的舌尖有著微小的芳甘，感覺到唾液在口腔四處的滋潤。我以舌尖舔觸牙齦，細數每一粒如貝類的牙齒排列的關係。我以舌頭滋潤嘴唇，感覺最細微的肉體柔軟的變化，彷彿舌頭的柔軟和嘴唇的柔軟將彼此配合著發出聲音來了。

並沒有聲音。也許清晨靜寂，我的肉身尚在覺醒之中。我盤踞的兩腿重新感覺到肉身的重量。我微微轉動足踝到趾尖，我感覺到小腹到股溝間一種體溫的迴流，彷彿港灣中的水，在那裡盤旋不去了。使全身微微熱起來的力量，便從那裡緩緩沿著背脊往上攀升，穿過腰際兩側，到肩胛骨。彷彿攀登大山，在艱難的翻越過後，有小小的停息，爾後再從兩肩穿越頸項，從腦後的顱骨直上頭頂的顛峰。

我要如此做肉身的功課啊！

也許因爲荒怠了肉身的作業罷，我們才如此容易陷溺在感官的茫然中，任由感官慾念的波濤沖擊，起起伏伏，隨波逐流，不能自己。

肉身的作業，是在肉體上做理智的認識，重新認識一個純粹由物質構成的身體。肌肉，骨骼，毛髮，每個個器官的位置和條件，呼吸和血流的秩序，心跳脈動的節奏，Ly's M，我這樣重新認知了自己的身體。彷彿再一次走進廢墟瓦礫的安哥城，看到一切殘壞坍塌的柱樑楣拱，看到物質結構的瓦解崩頹，不再有感傷的動念，只是從物質的成住壞空上知道了自己肉身的極限。

「一切都如此虛惘！」

是的，我深愛的 Ly's M，我在肉身裡了悟虛惘。我在肉身裡的眷戀、貪愛、不捨，其實也正是去修行肉身的基礎罷。

今日在大樹下靜坐，肉身端正，一心思念你。有時心中震動，眼角滲流出淚水。淚液在臉頰上滑下，感覺到一種微濕冰涼，但瞬即也就消逝。

靜坐中有四處走來的人。他們彼此嬉笑推擠，爭先恐後搶佔樹下的一席之地。我知道他們是我在荒蕪的城中遇見過的人。他們大多是貧窮者、殘疾者、癡愚者、斷腿缺手、瞎眼或喑啞。但是他們和我一樣，都如此貪愛肉身。我可以感覺到那雙腿從膝關節以下鋸斷的男子，努力著在樹下把剩下的腿股擺成盤踞的姿勢。他努力了很久，終於找到一個滿意的樣子，別人看起來仍然歪斜可笑，他已是一心端正著靜默起來了。我耳邊聽到那喑啞的喉嚨，含糊不清地唱讚著經文，據說是在戰爭的大屠殺中被虐害，割去了舌頭，以懲罰他在革命前以歌聲聞名的罪，Ly's M，我在那喑啞古怪的喉底滾動的聲音裡聽到了他未曾失喪美麗一如往昔的聲音。

我在樹下靜坐，與這些肉身爲伴侶，知道或許一起唸過經文，來世還會有肉身的緣分，如同此時的我和你。

在這個荒棄在叢林的廢墟，在一切物質毀壞虛惘的現世，在大屠殺過後的戰場，四處是不及掩埋的屍體，活下來的眾多肉身裡，無舌、無眼、無耳、無鼻、缺手、斷腿，Ly's M，我是在這樣的道場開始重新修行肉身的功課。

那名在戰爭中被酷刑剜去了雙目的美術老師，顫動著她深凹瘢疤的眼眶，似乎仍然看到了琉璃或琥珀的光華，看到了金沙鋪地，以及滿天墜落的七寶色彩的花朵。

我們不知道，爲什麼眼、耳、鼻、舌，犯了如此的罪業。剜眼、刺耳、割鼻、斷舌，肉身的一切殘害似乎隱喻著肉身另一層修行的意義。

但是，我還不能完全了悟。

如同我還不能知道爲什麼我們的肉身相遇或離棄。

不能完全了悟虛惘與眞實之間的界限。

在這個細數不完戰爭的罪行的場域，田地裡仍然掩藏著遍布的地雷。每一日都有無辜的農民或兒童，因爲工作勞動或遊玩發生意外。每一日都增加著更多肉身的殘疾者。他們哀嚎哭叫，在簡陋的醫療所割鋸去腐爛的斷肢，草草敷藥包紮。不多久，就磨磨蹭蹭，嘗試著用新的肉身生活下去。磨磨蹭蹭，擠到廟宇的門口，和毀壞的城市一起乞討施捨。

毀壞的城市曾經華美繁榮過，毀壞的身體也曾經健全完整過。

在無眼、無耳、無鼻、無舌的肉身裡，依然是色、聲、香、味的世界。

我看到那憤懣的穿黑衣的青年也自遠處走來樹下，在與眾多肉身的推擠中，他也將來樹下一坐嗎？

Ly's M，我也看到了你，我知道，在色、聲、香、味、觸的世界裡，我還要找到你，與你一同做肉身未完的功課。

輯十一

射日

泰雅爾穩定地一箭射出，
射中了第二個太陽的正中央。
太陽嚇白了臉，
搖搖擺擺，差點從鞦韆上掉落下來。
它從此失去了火光和熱力，
變成了白臉的月亮。

射日

太陽在盪鞦韆，在很遠的地方盪鞦韆。

鞦韆擺盪的角度不同，給地面帶來的熱和光的程度也不同。

「太陽出來了！」

樹上的鳥最早吱喳喧譁了起來。

太陽越盪越近。從睡眠中被太陽的金箭刺醒的泰雅爾，張開了眼睛，看到樹枝上亂跳亂叫的「巴哥」——那隻黑鳥；他撿起一塊石頭，心想：「這隻可惡的吵醒我的鳥。」

猛不防石頭迅速投向巴哥。

「啊！」旁邊的鳥都驚叫了起來。

沒想到巴哥輕輕一展翅，石塊就從牠的腳下掉落了。

巴哥也不氣惱，牠向泰雅爾伸一伸舌頭，嘲諷地說：「懶惰的孩子，太陽出來了，還不去工作！」

果然，泰雅爾聽到了杵臼擊撞的聲音，村落裡的女人們都舂起米來。他又聽到石刀擊打的聲音，村落裡的男人們也裝配好了弓箭，準備進山打獵去了。他又看到年老的人搬出了織布的機器，把苧麻剝去了皮，鋪在村落的廣場上讓太陽曬。

「懶惰的孩子，還不快去工作，你看，太陽已經逼近了。」

泰雅爾抬起頭，看到太陽比剛才更大了。越來越靠近的太陽使泰雅爾的皮膚都感覺到燙熱。

「爺爺！爺爺！」

泰雅爾討厭這隻多嘴的巴哥，他看到爺爺抽著菸斗走來，就藉故跑開了。

「爺爺！太陽出來了，泰雅爾要做什麼工作呢？」

爺爺笑嘻嘻地把泰雅爾帶到一棵大樹下。指給泰雅爾看樹上長長的枝條，油綠綠的葉子。

「泰雅爾，你看，這是扶桑樹，它是村落裡不朽的生命。太陽出來了，它就努力吸收太陽的光，長得好快。爺爺小時候它還只有你這麼高，可是現在我踮起腳尖都看不到樹梢了。」

「爺爺，我也要長得這麼高！」

泰雅爾爬上樹去，他的身手矯健，像一隻猴子，他在樹枝間縱跳，又高興的唱起歌來：

泰雅爾，泰雅爾，
太陽出來了
你要長大長高
……

「哈哈哈！」

樹梢間一陣嘩笑。泰雅爾又看見了那隻討厭的巴哥，搧拍著翅膀，嘲笑的看著泰雅爾。

泰雅爾折斷一枝樹枝，用力擲向巴哥，巴哥又飛走了。

「太陽到頭頂上了，泰雅爾，下來吃飯罷。」

爺爺叫喊著。泰雅爾在大樹濃密的樹葉間，看不到太陽。但是，他在高高的樹上，可以看到女人們圍成圈在舂米，看到遠處山坡上男人們追逐一條野豬。

泰雅爾撥開樹葉，看到巨大的太陽就在面前。他嚇了一跳，趕緊又把樹葉合起來。偷偷在樹葉間偷看。原來太陽是一團好大好大的火球，一身都是火光，泰雅爾覺得皮膚熱燙得發痛了，就一下溜下了樹。

太陽慢慢又邊遠了。那個鞦韆的繩子好長，看不到盡頭，泰雅爾一路追著玩，跑過了幾個山頭，最後還是看不到。太陽已經消失在一座山峰的後面。

四面黑暗了下來。泰雅爾獨自一人在山崗上，覺得有些冷，也有些害怕。他想起白天看到男人們圍攻野豬的景象，「我還沒有學到捕殺野豬的方法，如果野豬現在出現了呢？」

突然他眞的聽到了野豬的吼聲，低沉的、兇惡的聲音。

泰雅爾急忙從地上撿起了石塊，準備迎戰。

「哈哈哈哈！泰雅爾，你害怕了嗎？」

巴哥忽然飛到面前，泰雅爾正在發呆，巴哥又捏著鼻子裝起野豬低沉的聲音。

泰雅爾氣壞了，脹紅了臉，一路丟著石頭，發誓一定要狠狠揍一頓這可惡的巴哥。

第二天。太陽照常出來，在鞦韆上盪著，慢慢靠近泰雅爾的村落，人們照常起來舂米，織布，打獵。

但是，村落裡的鳥今天異常的安靜。平常最聒噪的巴哥也不見了蹤跡。

泰雅爾被女人舂米的聲音吵醒後，十分訝異！爲什麼今天那討厭的巴哥沒有來叫醒我呢？

泰雅爾在村落裡走了一圈，找不到爺爺，到了扶桑樹下面，才看到爺爺不離手的菸斗。他拿起來看了一下，又抬頭看看大樹，大樹還是像往常一樣安靜。但是，他忽然發現爺爺在樹上，蜷曲著身子，靜靜的在樹葉間偷窺什麼。

「爺爺！」泰雅爾向上叫了一聲。

「噓——」

爺爺從樹上俯下身來，叫泰雅爾不要出聲，同時示意泰雅爾到樹上去。

泰雅爾是一個伶俐的小孩，他立刻會意，躡手躡腳爬上樹去。

泰雅爾爬上樹梢，靠在爺爺身旁，他從爺爺的視線看出去，嚇了一跳。

「巴哥！」

泰雅爾看到那隻平日最讓他討厭的鳥，安靜的一動也不動，牠呆呆地看著一個方向，彷彿獵人凝視著獵物的出現。

「噩運的開始。正像古老傳說的預言，是這隻鳥第一個發現了這噩運的癥兆。」

「噩運？」泰雅爾對這個字的意思其實不十分清楚。

「兩個太陽重複出現在天空上。沒有了黑夜。人們不能睡眠。他們用樹葉蓋在眼睛上，求得片刻的安靜。河水將滾沸起來，燙傷人畜。連這棵不朽的扶桑樹——」爺爺憂慮地看了看，痛苦地說：「恐怕也難逃枯萎的噩運。」

太陽漸漸逼近到頭頂上。扶桑樹的葉子因爲強烈的陽光，有些疲萎的下垂了。泰雅爾跑上附近的山崗，在這個一切有些異常的下午，他靜靜看著太陽像往常一樣逐漸從西邊遠去。黑夜應當來臨了。可是，如同爺爺的預言，第二個太陽又從東邊漸漸逼近了過來。

泰雅爾站在山崗上看得很清楚，村落裡正準備點燃起火把來迎接黑夜的人們都騷動了起來。他們聚集在廣場上，看看西邊的太陽，又看看東邊的太陽。

「兩個太陽，兩個太陽。」

泰雅爾蹲在山崗上，也許因爲爺爺預言過，他倒不像一般人那麼驚慌。

兩個太陽交替循環，泰雅爾的村落從此沒有了黑夜，也沒有了睡眠，就像爺爺的預言一樣。男人和女人在地上疲倦難眠，用樹葉蓋在眼睛上求得片刻的安靜和清涼。河水滾沸了起來，燙傷了人畜。種植的小米也因爲炙熱的陽光都枯死了。

最令村落裡的人恐懼的是那棵生命象徵的扶桑樹也開始枯焦了。

巴哥鳥焦躁的在扶桑樹四周飛來飛去。飛來了許多鳥群，嘗試用小小的翅膀去遮蓋這棵樹，保護這棵樹，可是扶桑樹還是枯萎下去，很快掉光葉子，變成光禿的一根樹幹。

村落裡的人憤怒的咒罵太陽，用石塊丟擲太陽，用滾燙的熱水去潑太陽，嘗試用長矛去戳太陽。結果太陽還是無動於衷，在高高的鞦韆上目不轉睛的放射著它可怕的光和熱。

「咚！咚！咚！」

有一天，在村裡的人都感到絕望的時候，爺爺敲起了召集全村人聚集的木鼓。這個木鼓據說是不朽的扶桑樹的一段枝幹做成的，泰雅爾從出生到現在，第一次聽到敲動了木鼓，因爲只有巨大的災難來臨時才會敲動木鼓。

勇士布儂在爺爺的指導下敲動木鼓，全村的人陸續集中起來，靜聽爺爺的告示。

「第二個太陽出現了。」爺爺用穩定的聲音說：「正如祖先預言的一樣。它帶給我們村落不可逃避的災難。」

村民們一陣恐懼的顫抖，紛紛竊竊私語了起來。

「但是——」爺爺示意大家安靜。他說：「祖先的預言中還有另一部分。」

巴哥繞著扶桑樹飛了一圈，靜靜落在乾枯掉的樹幹上。

「扶桑樹還會復活，」爺爺說：「我們的村落要有一位勇士，他將要去完成射落太陽的工作。他要爲我們重新找回黑夜，找回睡眠。」

村民們紛紛鼓起掌來，拍打著地面，或者跑到扶桑樹下膜拜了起來。

爺爺很快命令了勇士布儂與壯士擺灣、塞夏帶了一些食物，出發去射殺第二個太陽。

接受了村民們的祝福，布儂、擺灣、塞夏裝配好了食物、水和弓箭，就向遙遠的太陽所在地出發了。

當他們走出村莊，翻上山崗時，發現泰雅爾蹲在一塊岩石上，身邊有一包小小的背袋，也裝配了食物、水和那隻供兒童練習的小弓箭。

「泰雅爾，你在這裡做什麼呢？」布儂勇士說。

「我要和你們一起去射殺太陽。」泰雅爾凜然的說。

「這是大人們的工作，你還是回家吧。」壯士塞夏提起泰雅爾的小背袋遞給他。

「祖先的預言說：射殺太陽的工作也要有年幼的孩子參加。」泰雅爾堅持不回去。

「是嗎？」擺彎懷疑地看著泰雅爾。

「是的——」忽然天空傳來一陣清亮的回答。巴哥出現了。牠在天上迴旋了一圈，輕輕落在泰雅爾的肩膀上。

「祖先預言：射殺太陽的工作一定要有泰雅爾。」

巴哥雖然頑皮，可是牠一直是守護祖先生命象徵扶桑樹的神鳥，牠在村落中的時間也比布儂、擺彎、塞夏還要長久，很受到信任。

勇士布儂三人商量了一會兒，就同意了巴哥的建議，決定帶泰雅爾一同上路，去射殺太陽。

他們告別了巴哥，翻山越嶺，覺得太陽越來越近了，正高興的拿出弓箭來試著射一射。卻又發現太陽又慢慢遙遠了。

他們走了很久很久。布儂的鬍鬚已經像樹根一樣盤結起來。擺彎的背也有點佝僂了。塞夏最年輕，可是也覺得牙齒都鬆動了。

倒是泰雅爾長成了少年，在射殺太陽的長途跋涉中鍛鍊得健碩而且堅韌。他幾乎負擔了所有食物、水和裝備的重量，使逐漸疲憊衰老的三勇士可以省力一點。

但是，食物和水都剩不了多少了。

四個人愁困在一座山峰上，望著遙遠仍然無動於衷的太陽時，布儂發出了嘆息，他說：「沒有想到，射殺太陽的工作是如此艱鉅。」

「沒有人知道太陽到底有多遠。」擺灣和塞夏也覺得沮喪而且無力。

「是的！是的——」

天空又傳來了清亮的聲音。

「巴哥——」泰雅爾興奮地站起來，四處張望。

果然是巴哥，牠從雲朵間降落，輕輕落在泰雅爾的肩上。

「巴哥，我們該怎麼辦。」泰雅爾迫不及待地問。

「預言中說：三勇士繼續向前，年幼的少年轉回村落，帶領男女，沿路播種，小米成熟，嬰兒誕生，路途雖遠，大功可成。」

泰雅爾於是和三勇士告別，伴隨巴哥回到村落。

許多年不見，村民們已經認不出這壯碩長了鬍髭的青年就是泰雅爾。

泰雅爾環視村民們在烈日下哀嚎痛苦，心裡非常沉重。

他看到廣場上不朽的扶桑樹已經焦枯成一段光禿禿的木樁。泰雅爾又走過滿地滾動的受苦的村民，站立在大樹下，向大樹拜了一拜。

「泰雅爾——」

泰雅爾忽然聽到一個蒼老的聲音在叫他，他興奮地叫起來：「爺爺——」是的，正是泰雅爾的老爺爺。但是連泰雅爾也吃了一驚。老爺爺全身焦黑，頭髮和鬍鬚又像雪一樣白。他看起來很像那棵枯焦的扶桑樹，已經到了枯焦不堪的地步，可是依然非常頑強。

「泰雅爾，你長大了。」爺爺端詳了一下泰雅爾。

「爺爺，那太陽——」泰雅爾憤怒地指著天。

「泰雅爾——」爺爺打斷了泰雅爾的話，他說：「我們沒有弄清楚祖先的預言，這是一次漫長艱鉅的工作。需要一代一代做下去。來罷，我們安靜下來，號召村民，安排工作。」

泰雅爾，重新出發了。

他帶領了十對男女，身上揹了嬰兒，也攜帶了穀物的種籽。

他們在村民們的祝福下出發。

「不要急，慢慢走，到太陽去的路非常遠。」爺爺囑咐泰雅爾。

泰雅爾和二十名男女，沿路撒播種籽，等穀物成熟，繼續前進。

嬰兒長大，可以在路上蹣跚地自己行走。

他們翻山越嶺，在一處荒山中，看到路邊有三副人的骨骸，泰雅爾從附近的工具認出那就是在長途中老死的三勇士布儂，擺灣和塞夏。泰雅爾和男女夥伴就埋葬了他們，教導剛剛長成的兒童在墓前膜拜誦唱。

新的種籽在新的土地上長大，年幼的兒童長成了少年。

泰雅爾已是健壯的中年人了。

他嘗試回憶村落中曾經有過的每一個生活的細節，編成歌謠和舞步，使長成的少年們可以學習，不致在路途中遺忘了祖先的教訓。

這一支從二十名男女組成的隊伍也在長途跋涉中繁殖生育，形成一支越來越龐大也越有組織的部落。

他們在走向太陽的所在地的旅途上，沒有荒廢人間的生活。

越是靠近太陽，他們越要用加倍的耐力和毅力抵抗酷熱的環境。

在一座最高的高山頂峰。已經頭髮花白的泰雅爾終於如預言所言，站在可以射殺太陽的地方了。

他張弓搭箭，巴哥鳥忽然出現，在天空上飛翔歌唱：「英雄的泰雅爾，英雄的泰雅爾。」

附近男女一齊合聲。

泰雅爾穩定地一箭射出，正射中了第二個太陽的正中央。太陽嚇白了臉，搖搖擺擺，差點從鞦韆上掉落下來。它從此失去了火光和熱力，變成了白臉的月亮。

被射中的太陽，又用力拔出了身上的箭，傷口迸射出許多血點，噴灑在天空上，形成了黑夜中點點的星星。

泰雅爾的村民們從此又有了夜晚，可以休息，也可以睡眠。

當他們點起火把時，他們看到太陽遠遠在西邊離去，留下火紅的晚霞，他們也在東邊看到月亮緩緩上升，帶著它永不消失的星星一齊在天空出現。

越來越多的鳥群在巴哥的帶領下來到了泰雅爾的村落，牠們搧動著翅膀，停落在剛剛長出了新芽的扶桑樹的枝幹上。

泰雅爾在扶桑樹上綁了兩個長長的鞦韆，把他的兒子和女兒放在鞦韆上，泰雅爾教他們把鞦韆盪得像天一樣高，越盪越高。在巨大的扶桑樹下，他聽到兒子和女兒笑得如鈴聲一般，聽到兒子說：「我是太陽！」女兒說：「我是月亮。」

——原載一九九二年三月十九日《聯合報》副刊

大河種種

河流與文明

許多古老的文明都是從一條河流開始的。

底格里斯河與幼發拉底河形成的「肥腴月彎」孕育了古老的亞述文明，尼羅河產生了埃及文化，黃河則是中國古文明的命脈，恆河是印度文化的母親。

歷史上幾條孕育古文明的河流，已不再只是地理上的名稱，也有著文化史上強烈的符號象徵意義。

關於尼羅河

古老的埃及有一則創世紀的神話：

奧力西斯與伊西絲是一對兄妹，他們相愛成爲夫妻，是人類的始祖，生下子嗣優爾斯。

惡神塞托非常嫉妒奧力西斯的勤勉、勇敢、正義，便殺死了奧力西斯。

伊西絲在尼羅河岸邊看到奧力西斯的屍體，撫屍痛哭，她的眼淚便流成了尼羅河，每一年週期性的氾濫。

古老的埃及人把河流的氾濫擬人化爲哀傷的眼淚。河流便彷彿是女性愛的纏綿，又是母性的哺育。

據說埃及古文化的發展與尼羅河的氾濫有非常密切的關係。尼羅河每一次的氾濫帶來肥沃的土壤，使埃及的農業得以發展。

古老的埃及人未必了解河流氾濫與農業的關係，他們卻以一則動人的神話象徵了河流氾濫的意義。

神話中的伊西絲是每年來哭泣一次的，河流的氾濫中有女子永不止息的深情。

埃及人對死亡有不能忘懷的哀痛罷，他們總固執地相信保持著身體便保有了復活的可能。

於是，伊西絲爲了去尋找兒子優爾斯，離開了丈夫奧力西斯的屍體。惡神仍然由妒生恨，便繼續破壞奧力西斯的屍體，把屍身碎成萬片，撒在尼羅河中。

伊西絲趕回來時，見到丈夫的身體已不可辨認，漂流河上，哀痛萬分，便一路撿拾碎片，用針線縫接，再用亞麻布包裹，恢復一個人的形狀。

伊西絲所做所爲感動了天上諸神，便搧起復活之風，使奧力西斯重新獲得了生命。有人說，伊西絲做的，即是埃及第一尊木乃伊。

埃及人因此相信，一切死亡的都將重新復活。如同那條週期氾濫的河流，生命也一樣週而復始。

與尼羅河有關的文化當然不只是神話，也包含著在現實中許多學習。例如：尼羅河每次氾濫過後，人們丈量原有土地的方法發展出了埃及人的幾何學。

也許是一種對週期性的理解罷，埃及古代文明特別呈現了一種嚴謹、規矩、理性、秩序的特性。

彷彿從一條河流的秩序中學到了倫理的秩序，也發展出了美學的秩序。

以藝術來看，埃及人創造了早期人類最傾向於幾何對稱的風格。建築上的金字塔是埃及人理性符號的最高代表，是埃及人對尊貴、權威，不朽的絕對理念。

埃及的雕刻，無論是立姿或坐姿，總是兩邊絕對的均衡對稱，身體固定在一個彷彿永恆的靜止中，也是金字塔式的穩定與理性。

關於恆河

和尼羅河正好相反，恆河提供給人的似乎是非常感官的經驗。如果埃及人相信理性、秩序、幾何、對稱；恆河流域的印度人則找到了感官、繁華、曲線的流動與糾纏。

如果埃及人在尼羅河的週期氾濫中找到理性，發展出埃及人特有的數學和律法的知識，那麼，恆河流域的印度人似乎在這條河流中經驗到了生命的無常，宇宙非理性的變幻與不可知的神祕。

直到今日，恆河仍然是印度民族的生命之河。他們帶著新生嬰兒在這裡沐浴洗禮，他們也在這裡為病人祈福，同樣地，他們也在恆河岸邊焚燒屍體，將殘餘的屍骨倒入河中，隨水流去，生與死都在河中，似乎也是一種輪迴的領悟，但與埃及人不同，埃及人更多一點現世的努力與固執。

恆河中所漂流的不只是人的屍體，也有貓的、狗的，各種動物的屍體。恆河流過的鹿野苑(Varanasi)即是釋迦牟尼第一次說法的所在，至今，那條河仍流淌著千千萬萬的屍體，每一日使人看到，沐浴其中，以河水漱口洗身，也以河水祝福生者死者，使人想起佛經中的句子：「流浪生死，六道受苦，暫無休息……」

以美術來看，印度與埃及也是兩種極端。

埃及的金字塔，單純、莊嚴，在形式上強調絕對簡單的完整與統一。印度的建築，以古老的印度教神廟爲代表，充滿了繁複華麗的雕飾，使視覺上產生目不暇給的暈眩。

印度古老的神像，如濕婆神(Shiva)，通常強調肉體豐厚肥腴的感覺，特別誇張性的挑逗，如女性乳房及臀部的飽滿。姿態曼妙律動，從軀幹到手指都形成妖嬌的曲線，很少埃及雕刻中冷靜的直線與幾何形式。

印度的文化中有強烈的慾情沉溺的部分，雖然經過釋迦牟尼的革命，佛教的禁慾及理性似乎並沒有在印度本土發生作用。印度仍是以它非常恆河的方式容納清潔與污穢，生與死、尊貴與卑微；在十分幻滅的理解中又十分眷戀現世慾情中的種種。

尼羅河哺育的埃及文明總結成簡單的金字塔的三角及色彩上的白，可以說是文明中紀律美學的極致；恆河的印度文化則是多變的曲線，眩目華麗的色彩，破壞我們的理性思維，進入陶醉冥想的感官美中去。

印度神廟上鑲飾華麗的彩色嵌片，常常使人覺得是打開了一個珠寶盒，有眼花撩亂的昏眩。音樂上，印度的西塔琴也運用大量顫音，近於人聲上的呢喃，使人的理性思維被冥想的官能淹沒。七〇年代，西塔琴大師拉維香卡曾經風靡一時，影響了歐美如披頭四的搖滾流行音樂，印度的宗教及大麻菸都成爲西方青年追求感官世界的嚮往，似乎從埃及一路下來的尼羅河文化的理性邏輯完全服膺於恆河印度東方神祕主義的感官，也是兩條大河文明交會的一例罷。

關於黃河

世界上能夠形成一種文明的河流其實並不多。尼羅河、恆河、黃河，都不再是一個地理上的名稱，流域廣大的範圍，形成一種獨特的生存方式、一種獨特的生存價值、一種獨特的信仰與美學，這條河流就升高成為歷史，成為文化上精神的象徵。而且能傳之久遠，持續不衰地把地理的流域擴大為歷史的流域，又擴大為文化的流域。

「君不見黃河之水天上來，奔流到海不復回……」

當一千多年前的李白詠唱這樣的詩句時，黃河在中國人心靈上的流域就遠遠已超過它地理上的流域了。

黃河的文明，在陝西半坡、甘肅的馬家窯、半山、馬廠都找到了遺址。用河岸邊的黃土、紅砂土製陶，器形渾樸敦厚，沒有印度華麗，也沒有尼羅河帝國的雄峻。黃河初期的文明非常民間，彷彿只是簡單的部落，「乾坤定矣」在天地間找到了「人」的定位，開始生活。生活既不神聖，也不偉大；既不是宗教，也不是政治，毋寧更是一種現世的倫理罷。黃河上中游的初期彩陶有著人的安分，彷彿安分做「人」就是這文明的基礎。

「日出而作，日入而息，鑿井而飲，帝力何有於我哉？」只有這個流域的文化一開始就否定了「帝力」的偉大，這「帝力」，或許是宗教的「上帝」，或許是政治上的「帝王」，都並不是「人」眞正的嚮往，人的價値，還是在安分於土地與生活，可以「日出而作，日入而息」這樣簡樸單純到近於平凡。

從兩河流域的亞述文化到尼羅河的埃及古文明，恆河流域的印度文化，在建築與雕刻上，使用的材料大多以岩石爲主，追求石材的堅硬與不朽性；在黃河流域，卻大多用土與木。黃河流域最早形成的五行學說，木、土、火、金、水，木與土都佔重要的份量。中國後來一直以木架構爲建築的基礎，似乎並不是沒有石材可用，也不是沒有控制石材的技術，毋寧更是一種對木材的溫暖或渾樸的美學鑑賞罷。「土」在五行中居於中央的地位，似乎也說明黃土高原的黃河流域，以「土」爲本質的定位；土是現世、土是人間、土是穩定安分、土甚至是平凡與謙卑。

黃河流域其實並沒有產生像埃及或亞述那麼雄偉高峻的建築物。金字塔在某一個程度上是對權威的極致追求。黃河流域形成的建築，最典型也許竟是長城罷。它其實也只是土磚的累砌，它又是極實用的「牆」的意義，只是一堵防衛著游牧民族南下，確保農業安定的一堵牆。

黃河流域的文化似乎也絕不像恆河流域，有那麼多神祕宗教的冥想。黃河流域的人其實是很勞苦地活著，在現實的底限中踏實的生存者，不能有什麼多餘的幻想。

黃河的氾濫也是著名的。但是，它的氾濫似乎並不像埃及人之於尼羅河，尼羅河的氾濫對埃及人來說是女神伊西絲的眼淚，黃河的氾濫則是一種非理性的暴虐。

中日戰爭期間，創作了《黃河大合唱》的作曲家冼星海，是最近一次黃河文化的反撲，從《黃河船夫曲》到《黃河頌》、《黃河怨》、《河邊對口》，到《保衛大黃河》，這首激昂高亢的歌曲用近於嘶叫吶喊的聲音歌詠黃河的「怒吼」與「咆哮」。

非理性的氾濫似乎使黃河流域的人們學會了在災難中堅韌地存活下來的祕密。那堅韌的存活，也許是「樂天知命」的達觀與開闊，也可能是「好死不如賴活」的一種異常頑強的對「生存」的執著。

八〇年代中期，當文化大革命結束之後，中國再次使世界認識它的文化特質，大多仍是以黃河流域爲背景的創作，電視劇《河殤》討論整個黃河文化，電影《黃土地》使世界震驚於陝北黃土高原上人的貧窮、頑強，震驚於那土地山川與人的性格之間的相似。張藝謀的《紅高粱》、《老井》，一直到《活著》都一貫著黃河式的生存價值，那種生存的愛，近於無情，也近於殘酷。

關於滄浪、汨羅、富春……

世界上有幾條形成文明的大河。彷彿中國古代稱「河」，就只是指大家共識的那一條河。

河流如同富裕的母親，哺育著一代一代的生命。

大河之外，當然還有許多江、水、溪……

一條江水常常因爲一種生命的形態與之相連，就被記憶了下來。

黃河、恆河、尼羅河在幾千年間是哺育了許多生命的文化大河。

有一些江水只是被詩人思維了，就有了特殊的意義。

法國的小學生大多會朗朗上口阿波利奈爾(G.Appolinanic)的一首《米哈波橋下》的名詩：

米哈波橋下
流著塞納河
我們的愛
是否仍應記憶？

走過塞納河，走過米哈波橋，這詩句便一一浮現，二十世紀初巴黎詩人的嚮往與浪漫也與橋下流水混合成一種聲音。

滄浪之水清，可以濯我纓
滄浪之水濁，可以濯我足

彷彿春秋戰國前後，包括孔子在內的許多哲人都聽到了這首傳自江邊的歌聲，使人對水的清濁有了更深的象徵，使人對生命的清濁有了更多的思維與豁達。

滄浪亭仍在蘇州，歷經數千年對「滄浪」這樣一條或許已不可辨識的江水的情感，中國的文人在「滄浪」的象徵意義上有領悟、有堅持、有自嘲、有包容、也有退讓。

汨羅江是一條哀傷的河流，因為它見證了一個孤獨詩人的死亡。屈原之後，許多人去過汨羅，在河水中映照自己的身影，屈原與汨羅，多多少少結合成了中國文化中一種不可贖回的傷痛。《史記》寫屈原「行吟澤畔，形容憔悴」，他大約已預知了自己與河流的宿命，但是他仍然不很甘心，看到江上漁父鼓枻而來，屈原還要問幾句多餘的話：「眾人皆醉我獨醒……」屈原問非所問，漁父答非所答，只是留下一條河流上的兩種獨白，一種自投汨羅，一種鼓枻而去，悠遊江上。

汨羅江的故事，不只有屈原，也有漁父，就有了另一種寬闊。

富春江有嚴子陵的釣台，是東漢光武帝劉秀的好朋友嚴光的隱居之處。嚴光幫助劉秀打天下，劉秀登基為帝，嚴光就隱居富春。富春江成為中國文人最大的矛盾，是永遠贖不回的淨土。元代畫家黃公望八十歲以後上下富春江，期望在戰亂中找到一片可以安身的山水，他在舟中作畫，時時點染，數年間完成「富春山居」長卷，是元代以淡泊爲宗的山水畫中最受重視的名作。

滄浪、汨羅、富春是詩人的河流，它們可以供潔身自好的文人來此盥沐梳櫛；來此吟詠感嘆，但是，它們不是黃河，它們不是可供百姓存活的生命的大河。

有些河流產生宗教，有些河流生長百穀，有些河流產生詩句，河流各自有各自的性格與機遇。

關於淡水河

讀完歷史的河流，也許最後會發現自己最親近的一條河竟是淡水河。因爲從小在河邊長大，倒是對它沒有很深的感覺。

我的童年都在河邊度過，地名叫大龍峒，是淡水河與基隆河的交會處。淡水河在台北盆地形成的三個連貫的河港市鎮，自南向北，分別是萬華（艋舺）、大稻埕、大龍峒。大龍峒之後，與基隆河交會，淡水河形成葫蘆島，出關渡，便是出海口。

因爲台伯河而有羅馬，因爲塞納河而有巴黎，也因爲淡水河而有台北，一條河流形成一個都市。

童年的淡水河沒有堤防，河兩邊多養鴨人家，暴雨時河水浩蕩，上游的冬瓜、豬隻屍體都隨水漂來，河邊形成的低窪沼澤生長茭白筍、布袋蓮，也是逃學孩童最喜歡嬉戲的地方。取水灌溉、浣水、洗澡、捕食魚蝦、遊玩、傾倒垃圾都在淡水河，我記憶中的河流是這樣的河流。

當堤防逐漸建築起來，河岸蓋起了新的公寓，河流就不再是原來的河流。當一條城市的河流都不再容易看見時，我忽然有了對河流強烈的記憶。

我遷居八里淡水河邊是在一九八七年，現在我的窗口仍然是一條浩蕩的大河，而且我可以清楚地知道每一天潮汐的時間。

輓歌中復活的嬰啼

——談雲門復出展演

雲門這一次的演出再度造成了臺灣整個社會的關注和參與。從一九七三年雲門創始迄今，將近二十年間，臺灣的社會從政治經濟的結構到社會文化的形態都有極大的轉變，但是，雲門始終緊扣著時代的脈動，反映時代的變化，也同時反省時代的變化。

雲門創始期間，在西方現代舞的虛無迷茫和中國遠古的空靈寂靜中尋找平衡。以純粹現代舞技巧編作的《現象》、《盲》和汲取東方情感的《寒食》顯然展示了兩種截然不同的美學，但是，正如同臺灣近四十年文化的現況，雲門既不可能走全然西化的路，也不可能一味復古到中國的古典世界。

雲門第一次找到西方現代舞與中國古典精神較爲成功的結合，是以傳統戲曲經驗爲基礎編作的《奇冤報》、《白蛇傳》。

《白蛇傳》至今仍是專業與大眾都可能共同喜愛的舞劇，也同時可以在中國觀眾與西方觀眾中引發同樣程度的美感經驗。做為一齣「舞劇」，《白蛇傳》戲劇與故事的層面並沒有削弱舞者的肢體語言，相反的，雲門第一步的成功，恰恰是因爲藉著中國傳統戲劇的豐富基礎開發了舞者肢體表現的可能性，開發了現代舞技巧，也同時開發了中國未來現代舞民族化的可能。這一點一直到這一次雲門的演出，依然是這個團體最大的長處，不以「舞蹈就是舞蹈」爲滿足。

「舞蹈」不只是「舞蹈」；「舞蹈」是一種思想。

「今年是公元一九八九年六月八日下午四時……」當編舞者聽到這樣的錄音告白，在全世界屏氣凝神的期待著屠殺中青年的生還者時，那人類追求自由、民主，爲幸福而奮鬥的身影，便逐漸從壓迫↔反壓迫，旋轉↔反旋轉的張力中形成了一種動作。這是從思想、情感，從自己與他人的共同生命體驗中沉澱出來的肢體語言。所以這支舞無法歸類於「古典芭蕾」、「現代舞」、「民族舞蹈」，他是創作者用心和思想一起舞出來的動作，是每一個渴望著從恐懼與壓迫中共同被解放的眾人的動作。所以舞者的中心可以是柴玲，也可以擴大爲每一個生命與自己的奮鬥過程。

羅曼菲以高度的毅力去完成這支高難度的舞蹈時，她個人屬於舞者的極限與屬於人的情感一起向上昇華了。比她第一次在一九八九年跳這支舞，羅曼菲減少了直接的抗爭，加多了自己與自己在迴旋中努力求平衡的張力。眞正的敵人往往是自己。眞正要擊敗與挑戰的對象也往往只是自己。只有在藝術上有持久的專注與毅力，才會發現一旦放棄了向外的比較攻擊，轉而向內求取個人生命極致的開發，美才會向你展顏，美也才成爲最高的報償。

羅曼菲把林懷民的思想用具體的舞者的身體說到淋漓盡致。是思想開發了舞者的身體，也是舞者的身體具象了編舞者的思想。雲門持續的成功是這兩者完美的配合。

在羅曼菲之後，緊接的《流雲》展現了另外一種肢體的極限。

《流雲》的編作也同樣看到雲門在西方與中國間求取融合的努力。《馬勒交響曲》的知名片段，曾經在西方不斷被電影、舞蹈所詮釋，到了林懷民的思想中，它竟然吻合了中國太極中舒緩連綿的韻律。

雲門的創始團員鄭淑姬在這支舞中精緻細微的肢體恰恰是羅曼菲前一支舞的對比。羅曼菲在動力的極限中尋找外放、震懾的美，鄭淑姬則極其含蓄內斂，所有的力度都在不具形跡的舒緩中成爲連綿不斷的線的延續。最美的部分流布在指尖、腳尖最輕微的動作中。在每一次外放的力中都有內收的迴環，整個身體成爲圓形的流動，與馬勒的音樂鍥合到完美的地步。

當鄭淑姬與羅曼菲兩位資深舞者站在舞台上謝幕時，觀眾可以感覺到一種眞正人體在思想與情感中成熟的美的感動。好的舞者，如同所有好的藝術家，絕不是只是專業技巧上的炫耀，而是通過技巧的磨練，在人的豐富度上千錘百鍊才能臻於極境。

雲門的資深舞者跑過世界一流的舞台，回到自己的土地上，她們展示美麗的身體。這身體有技巧的鍛鍊，也有人文的厚度，可以是最大方的身體，這身體有愛有恨，有憤怒有激情，也有反省與包容；可以剛烈，也可以柔情如水。

《我的鄉愁，我的歌》也許會是爭議比較多的舞作。我們可以從近二十年林懷民編舞的系列中找到一個清楚的主線，那就是雲門無論如何引進西方的古典現化，或者不斷從古老的中國傳統中擷取經驗，他始終不能忘懷的永遠是找到「臺灣」自己的藝術定位。

從《吳鳳》、《廖添丁》、《薪傳》，到《我的鄉愁，我的歌》，乃至於這一次首演《明牌與換裝》。林懷民和臺灣大部分認眞於思考的藝術工作者一樣，「臺灣」始終揮之不去，是他們心中最大的愛，也是心中最大的痛罷。

這個既愛又痛的「臺灣」如何放到藝術中去？畫家畫出了臺灣嗎？音樂家寫出了臺灣的喜悅與哀傷嗎？臺灣和已經在美術上受到肯定的古典芭蕾、現代舞、國劇身段可以並駕齊驅嗎？一連串的疑問一定困擾著許多人，習慣於在「國家劇院」看《天鵝湖》或《睡美人》的觀眾或許會吃驚於《我的鄉愁，我的歌》中看來「鄙俚」「俗豔」的歌曲與舞蹈動作罷。

然而，如果林懷民是從思想去開發舞蹈語言的編舞者，他面對的眞正課題當然是，而且永遠是——「臺灣」。

洪通如果比許多畫家更臺灣，呂泉生的《搖嬰仔歌》如果比許多音樂家的作品更臺灣，是不是因為他們的色彩、線條、造型、旋律或節奏中累積了更多生活在臺灣這塊土地上的人共同的回憶？

我們在「國家劇院」聽到了蔡振南的《心事誰人知》，文夏的《黃昏的故鄉》，看到了洪通的繪畫與牛犁歌，心中漾起的些微的疑慮與不安也許恰恰應該是今天臺灣藝術工作者與藝術愛好者最應思考的課題罷。

林懷民似乎並沒有意圖一定要解開這個謎團，他只是誠實而率直的把走不進「國家劇院」去的臺灣一般大眾的愛恨與悲喜直接帶進了「國家劇院」。

好的思考，好的藝術的思考其實是充滿了疑慮與不安的。杜思妥也夫斯基與波特萊爾在十九世紀末掀翻了歐洲人內在虛假的「大雅之堂」，使人疑慮而且不安；唐代開國以西域十三部胡樂定為「雅樂」，其實也是保守的人們疑慮而且不安的。

《大雅》常常被誤會為一種做作拘謹的繁文縟節，其實《大雅》的基礎更可能是生命力活潑的展放。

一年演出數百場之多的「國家劇院」在耽溺於完美的西方或中國古代藝術的精緻之美的同時，保留了多少空間給臺灣實驗的創造性的藝術，使「國家劇院」是真正這塊土地上的國家劇院，而不是紐約林肯中心的分店，也許正是所有關心臺灣文化的朋友應當一起疑慮與不安的罷。

以國內的表演團體來看，其實沒有一個團體有過類似雲門的「國際經驗」。但是雲門可以與臺灣大多數不矯作、不虛浮的百姓一同呼吸、一同喜悅、一同哀傷，正是因爲雲門始終落實在臺灣基層文化基礎上，不迷信「國際」。因爲雲門引進了瑪莎葛蘭姆、保羅・泰勒，引進了荷西・李蒙，他們比任何人更知道「國際」。雲門第一代的舞者陸續自國外苦學回來，在世界各地增長了見識，也因此，才能站在自己的土地上，沒有驕矜之氣，而更多謙遜與奮發的精神。

《我的鄉愁，我的歌》中有許多觸痛人心的部分。臺灣的奢華、臺灣的鄙俗、臺灣的粗野；但是，我們似乎又覺得痛中有愛，因爲那鄙俗中有樸實天眞，那粗野中有昂揚奮發的求生的志氣，那假相的奢靡背後掩蓋著人的溫暖與感傷。

如果《薪傳》是臺灣清代開發的先民史詩，《我的鄉愁，我的歌》正是今日臺灣眾人的史詩。

三年前《鄉愁》首演時結尾落雪的部分是以莫札特的《安魂曲》做結束的。在舞蹈的情感上用莊嚴而肅穆的《輓歌》做結束使人在激動中有反省、有平撫傷痛的作用。但是《我的鄉愁，我的歌》的確似乎有《輓歌》的感覺，臺灣的愛與痛到了無可奈何，到了幾乎是熱淚盈眶看著一群人的無助的騷動。這一次的演出，結尾的部分改成以南胡淡淡地拉出呂泉生的《搖嬰仔歌》。一種童年在母親懷抱中逐漸睡去的安靜，有休息，有安慰，有進入夢的世界的甜美幸福，也有一點白日逝去的憂愁，也許情感更爲複雜了。

從莫札特的《安魂曲》到呂泉生的《搖嬰仔歌》，從「輓歌」形態到「兒歌」的「安眠曲」，也許林懷民仍願意在臺灣的痛與愛之間找到更多可以安慰與鼓勵的力氣罷。輓歌過後，祝願雲門有氣壯山河的嬰啼。

——原載一九九一年九月二十一日《聯合報》副刊

蔣勳散文寫作年表

一九四七年　舊曆十一月二十八日生於古都西安。

一九四九年　隨父母回父籍福建長樂故居。

一九五〇年　輾轉經廈門、白犬島，與母親及兄姐五人抵達基隆。父親因羈軍職，未同行。

一九五一年　定居臺北。

一九六七年　發表小說〈希望我能有條船〉及〈勞伯伯的畜牧事業〉於《聯合報》及《中國時報》副刊，並分別選入《聯副三十年小說選》及《人間選集》。

一九七四年　入巴黎大學藝術研究所，研究十九世紀法國自新古典主義至印象派階段的繪畫。

一九七五年　在巴黎第四大學修法國音樂史、戲劇史、文學史及社會史課程。

一九七六年　在西班牙、義大利、荷蘭、德國、瑞士、英國及希臘各地旅行，做藝術史札記，並再度開始寫詩。思考人類文明的傳衍問題。同年年底返回臺灣。

一九八一年　受邀參加愛荷華大學國際寫作計劃(I.W.P.)，與來自世界三十個地區的作家相處四個月，其中包括中國老作家丁玲、蕭軍、吳組湘……等。年底重返歐洲巴黎、希臘等地。

一九八三年　擔任金馬獎評審，聯合報小說獎評審。擔任東海大學新創設之美術系系主任。旅遊京都、奈良等地。

一九八四年　出版第一本散文集《萍水相逢》（爾雅出版社）。

一九八五年　《萍水相逢》獲中興文藝獎及中國時報散文推薦獎。

一九八六年　五月，與馬森、席慕蓉、楚戈、愛亞、張曉風、隱地、龍應台合出《希望我能有條船》（爾雅出版社）。

一九八七年　元月，出版《大度，山》（爾雅出版社）《歡喜讚歎》（林白）。

一九九〇年　出版《今宵酒醒何處——路上書》（爾雅出版社）。

一九九五年　五月，每周四在《中國時報》人間副刊開始發表「三少四壯」專欄，延續一年。

十一月出版散文集《人與地》（東潤出版社）。

一九九七年　一月，出版《島嶼獨白》（聯合文學）。

六月，辭去東海美術系教職。

一九九九年　六月，出版《歡喜讚歎》、《新傳說》（聯合文學）。

二〇〇〇年　二月，出版《祝福》、《情不自禁》、《寫給 Ly's M 1999》（聯合文學）。

二〇〇二年　七月，出版《新世紀散文家：蔣勳精選集》（九歌出版社）。

蔣勳散文重要評論索引

評論文章	評論者	原載處	原載日期
且盡今日之歡——我讀〈萍水相逢〉	郭明福	文訊	一九八五年四月
人間走過卻歸耕——蔣勳和《萍水相逢》系列	莊　因	中國時報	一九八五年十月二日
「美」比「歷史」更真實的理由		民生報	一九八六年四月十四日
大度·山之一——一幅畫的文字架構		民生報	一九八七年三月二十五日
大度·山之二——超越文學技巧的表現		民生報	一九八七年三月二十五日
永結無情遊——讀蔣勳〈大度·山〉	廖玉蕙	文訊	一九八七年四月
值得歡喜讚嘆的〈歡喜讚嘆〉	張曉風	中央日報	一九八七年五月十九日、二十日

傳　說		文化貴族	一九八八年六月
論蔣勳作品中鬱血的青春	邱亞才	自立晚報	一九八九年二月二十六日
人間山水的情與愛	櫳翠尼	古今藝文	一九八九年五月
蔣勳：石頭記	施國英	中國現代散文欣賞辭典	漢語大詞典出版社一九八〇年
今宵酒醒何處		爾雅人	一九九一年九月
自我放逐的任情與率性——評蔣勳的〈今宵酒醒何處〉	劉麗娟	爾雅人	一九九二年十一月
蔣勳論	林燿德	期待的視野	幼獅文化一九九三年
蔣勳：醞釀一場情慾的叛變	滄　海	誠品閱讀	一九九三年六月
漫談蔣勳的散文（上、下）	衛健民	爾雅人	一九九五年一月、三月
每一個生命都是直墜深淵的——談蔣勳《人與地》	張春榮	文訊	一九九六年
來日方長	廖以涵	中央日報	一九九六年十一月二十日
我願是滿山的杜鵑	朱國珍	聯合文學	一九九七年

——蔣勳談《島嶼獨白》			
蔣勳蛻變，歸因高雄，新書《島嶼獨白》很另類	陳文芬	中國時報	一九九七年二月十二日
獨白：不寂寞的書寫	林　式	台灣新聞報	一九九七年二月十六日
後天免疫不全流浪症候群	袁哲生	聯合報	一九九七年四月十四日
追索的誘拐——評蔣勳《島嶼獨白》	江林信	書評	一九九八年
蔣勳《島嶼獨白》	張春榮	一九九七臺灣文學年鑑	行政院文建會一九九八年
讀得多，讀得快，讀出美好的生活	蔡慧仙	聯合報	一九九八年七月二十日
深厚多情的蔣勳	阿　盛	自由時報	一九九八年十二月二十五日
蔣勳推陳出新身體論	陳希林	中國時報	一九九九年六月十二日
寫書籌備畫展，蔣勳都談情慾	蔡美娟	聯合報	二〇〇〇年三月一日
蔣勳新書傾吐私情	陳文芬	中國時報	二〇〇〇年三月一日
「寫給Ly's M-1999」——天人五衰	吳繼文	聯合報	二〇〇〇三月六日

新世紀散文家 3

新世紀散文家：蔣勳精選集

著者　蔣勳
發行人　蔡文甫
出版發行　九歌出版社有限公司
臺北市105八德路3段12巷57弄40號
電話／02-25776564・傳真／02-25789205
郵政劃撥／0112295-1
九歌文學網　www.chiuko.com.tw
印刷　晨捷印製股份有限公司
法律顧問　龍躍天律師・蕭雄淋律師・董安丹律師
初版　2002年7月10日
初版14印　2019年3月
定價　320元

書號　0106003
ISBN　957-560-925-5
（缺頁、破損或裝訂錯誤，請寄回本公司更換）

國家圖書館出版品預行編目資料

新世紀散文家：蔣勳精選集／陳義芝主編
--初版. --臺北市：九歌，2002〔民91〕
面；　公分. --（新世紀散文家；3）
ISBN 957-560-925-5（平裝）

855　　91006396